EM
PLENO
DIA
SE
MORRE

Contos e
histórias curtas

Domício Pacheco e Silva

EM PLENO DIA SE MORRE

Contos e histórias curtas

EDITORA
Labrador

Copyright © 2021 de Domício Pacheco e Silva
Todos os direitos desta edição reservados à Editora Labrador.

Coordenação editorial
Pamela Oliveira

Preparação de texto
Laila Guilherme

Projeto gráfico, diagramação e capa
Amanda Chagas

Revisão
Bonie Santos

Assistência editorial
Larissa Robbi Ribeiro

Aquarela da capa
Bia Coutinho, artista plástica

Dados Internacionais de Catalogação na Publicação (CIP)
Angélica Ilacqua CRB-8/7057

Silva, Domício Pacheco e
  Em pleno dia se morre : contos e histórias curtas / Domício Pacheco e Silva. — São Paulo : Labrador, 2021.
  128 p.

ISBN 978-65-5625-140-0

1. Ficção brasileira I. Título

21-1775   CDD B869.93

Índices para catálogo sistemático:
1. Ficção brasileira

Editora Labrador
Diretor editorial: Daniel Pinsky
Rua Dr. José Elias, 520 — Alto da Lapa
05083-030 — São Paulo — SP
+55 (11) 3641-7446
contato@editoralabrador.com.br
www.editoralabrador.com.br
facebook.com/editoralabrador
instagram.com/editoralabrador

A reprodução de qualquer parte desta obra é ilegal e configura uma apropriação indevida dos direitos intelectuais e patrimoniais do autor.

A editora não é responsável pelo conteúdo deste livro. Esta é uma obra de ficção. Qualquer semelhança com nomes, pessoas, fatos ou situações da vida real será mera coincidência.

*A morte não é nada.
Eu somente passei
para o outro lado do Caminho.*

*Você, que aí ficou, siga em frente,
a vida continua,
linda e bela como sempre foi.*

(Henry Scott Holland)[1]

---

[1] Muitos atribuem a autoria a Santo Agostinho.

Aos meus netos,

*Diogo, Heitor, Helena,
Maria Clara, Domício e Luísa*

SUMÁRIO

11 O grande amigo
13 Madame Eléne
18 Alimentando os peixes de Santa Catarina
21 Cavalos feridos
24 Sem olhar para trás
26 Ratos mortos
28 Para sempre
30 Brejo
33 O invasor
35 Cento e vinte anos de solidão
37 Dente de ouro
39 Gulliver, vovô e eu na terra das sequoias
41 Cicatrizes no oceano
42 Extrema-unção
44 A Casa da Barata
46 Senhores, escravos e leitões
51 Em pleno dia se morre
53 Mix
55 Guarda de trânsito
57 Para que alguém veja

- **59** Remorso
- **62** Branca de leite
- **64** O retrato da vovó Zarcão
- **67** Cinco
- **70** Ganhar três vezes mais
- **73** No lombo do Dragão
- **75** O túmulo da família
- **77** Dos sonhos aos pesadelos, nada deu certo
- **86** Travessia
- **88** O apelido
- **90** Entre túmulos
- **92** Por um feitiço de Carnaval
- **95** Dias antes de morrer
- **97** Quarenta anos depois
- **101** O brilho
- **103** Nem barata, rato ou galinha triste
- **105** Morte na assembleia
- **108** A explicação do mel e do açúcar
- **110** Voo de asa-delta
- **112** O almoço do século
- **115** Estrelado
- **118** Telhas quebradas?
- **120** A condenação
- **122** O feitiço
- **126** Antônio Cláudio

O GRANDE AMIGO

Meu irmão Renato e eu nem sabíamos como ele se chamava: gritávamos seu apelido — *Grande Amigo! Grande Amigo!* —, e ele nos atirava para o ar como bonecos de algodão enquanto trovoava sua alegria num sotaque germânico quase incompreensível. Cabelos vermelhos à escovinha, pele cor de lagosta, era gerente do hotel Vila Inglesa, em Campos do Jordão.

Uma noite, salvou-me da babá portuguesa, minha algoz dos 2 aos 7 anos de idade. Jantávamos no restaurante do hotel, e eu chorava por causa de espinhas de peixe na boca e na garganta. Ele ouviu de longe minhas reclamações, examinou-me e repreendeu a babá:

— Não viu o estado do garrganta da ménino? — E, pedindo uma pinça, passou a extrair cada espinha cirurgicamente. — Pôbrrre ménino, que trrragédia horrrível!

Um cutucão na garganta me fez vomitar em seu colo, sujando seu terno. Grande Amigo fingiu indiferença, deu risada, brincou, desabotoou a gravata, tirou o paletó e colocou sobre a mesa todos os objetos de seus bolsos — inclusive uma bala de revólver. Contou às pessoas à nossa volta que, na invasão de Berlim, um soldado russo atirou contra ele, mas aquela bala falhou, salvando sua vida. Depois de retirá-la do revólver do inimigo morto, Grande Amigo nunca mais deu um passo sem ela:

— Minha amuleto da sorrte — acrescentou ao beijar o projétil.

Quando extraiu a última espinha, me deu miolo de pão e um copo d'água e contou uma história sobre as espinhas de uma baleia:

— Erram enorrrmes. Imagine em seu garrrganta, ménino! — Fiquei agradecido, e aquele momento consolidou para sempre nossa amizade e toda a minha admiração.

Anos depois, seu "amuleto da sorrte" não falharia, segundo o garçom Antônio Preto, testemunha dos fatos. Grande Amigo tomava muito gim e uísque em companhia de algumas jovens hóspedes enquanto contava piadas, fazia palhaçadas, gesticulava, ria, dançava, cantava... Em dado momento, saiu do recinto e retornou com um revólver de cano curto:

— Vamos fazerrr um rrroleta-rrrussa, méninas. Voluntárrias, porr favorr. Prreciso seis.

— Roleta-russa? — as moças questionaram em coro.

Acharam graça num primeiro momento, mas ficaram sérias quando ele tirou do colete seu "amuleto da sorrte", mostrou o tambor do revólver vazio e introduziu a bala em um dos buracos. Girou o tambor a esmo, encaixou-o na arma e a engatilhou com um sorriso enigmático. Para conter o "Ooohhh!" da plateia, explicou que havia só uma chance em seis de a bala detonar.

— Non se prrreocupem — disse, rindo. — Só quem forr azarrrado mesmo levarrrá o tirrro! Vamos começarr?

— Está louco? — gritou uma das hóspedes.

— Ninguém se aprrresenta? Eu mesmo começarrrei.

Apontou a arma para a cabeça, sorriu sem se preocupar com as expressões incrédulas dos espectadores, piscou para as moças boquiabertas, fez um sinal positivo para acalmar o *barman*. Então bateu o punho esquerdo no peito, olhou satisfeito para todos e puxou o gatilho. O estampido da bala trovoou no mesmo instante em que seu corpo caiu e o sangue tingiu as paredes à sua volta.

MADAME ELÉNE

Eléne Ghezzi, também conhecida como Hélène d'Inès, chegou ao Brasil no final da década de 1950, com 40 e tantos anos, esgotada pelas desilusões amorosas sofridas desde a adolescência. Três razões mais fortes determinaram sua vinda: precisava se esconder do irmão esquizofrênico que a jurara de morte; queria fugir do espectro de um noivo desaparecido numa competição de esqui nos Alpes; desejava casar-se com um judeu italiano que conhecera na Bélgica, negociante de joias.

Ela veio de navio com a mudança, mas não encontrou o tal judeu no porto de Santos, conforme haviam combinado. Não se deu por vencida. Depois de vários lances detetivescos, localizou o indivíduo em Buenos Aires e o arrastou para a rua Barão de Limeira, onde se instalara meses antes, em São Paulo. Nunca se soube o que realmente aconteceu, mas não demorou muito e Madame Eléne quebrou na cabeça desse noivo quase toda a louça Limoges que trouxera encaixotada de Paris, escorraçando-o para sempre — de seu apartamento e de sua vida.

Embora ensinasse francês e italiano, o magistério de línguas — segundo afirmava — era apenas um *hobby*, apesar de garantir seu sustento. Dizia-se pintora, artista plástica formada pelos melhores mestres de Paris. Nascida em 16 de janeiro de 1913, morreria em São Paulo no dia em que completava 95 anos (16 de janeiro de 2008), num pronto-socorro da rua

Brigadeiro Galvão. Nem francesa nem italiana, era romena, de uma aldeia da Transilvânia, próxima ao castelo do Conde Drácula. Ela contava que, nas noites mais frias de inverno, os moradores abrigavam em suas casas todos os animais domésticos — galinhas, ovelhas, cabras, bois, jumentos e cavalos —, pois as alcateias famintas da região invadiam o povoado para devorar tudo, exceto as cadelas domésticas, que muitas vezes emprenhavam de mestiços, híbridos; estes protegeriam a aldeia, mais tarde, dos próprios pais.

Ao som do vento que uivava como lobos ou de lobos que uivavam como o vento, Madame Eléne vivera ali sua infância, sempre assustada com as histórias de vampiros e as visões noturnas de morcegos hematófagos. Grandes como aves de rapina. A partir de seus 12 anos, a família mudou-se para Roma, depois Milão, Nice e finalmente Paris, onde ela passou a estudar pintura com mestres da École des Beaux-Arts de Paris e da Academia Julian.

Quando conheci Madame Eléne, por indicação do professor Mário Anauate, ela já era cinquentona. Eu tinha 16 anos quando comecei a tomar lições de francês com ela, e acompanharia sua vida pelos 45 anos seguintes, mais ou menos, até sua morte. Mesmo depois que deixei de ter aulas, ela me procurava toda semana e acabava me usando para carregar móveis pesados, trocar lâmpadas, pregar quadros, transportar obras para galerias. Mais tarde, comecei a tomar conta de seus investimentos financeiros, que, embora fossem restritos, garantiram a fase final de sua vida.

De duas a três vezes por semana, ela entrava no prédio de meu escritório de advocacia, batia papo com todas as pessoas do edifício — dos porteiros ao síndico —, repreendia minhas estagiárias, dava palpites para a secretária, ralhava com a

copeira, passava sermões e dava conselhos a todos. Também controlava meus horários e minhas atividades:
— Por que *Maître Domice* ainda não chegou? — bronqueava quando não me encontrava em meu posto.

Certo dia, Madame Eléne surgiu com um quadro para me presentear. Entrou no escritório ofegante, carregando-o com dificuldade, pois o trabalho de pintura a óleo e colagem de metais tinha sido feito sobre uma prancha de madeira maciça, grossa e pesada. Desembrulhou-o ansiosa e, depois de ensaiar um breve suspense, exibiu o quadro:
— *Maître Domice! Voici un cadeau!* — Eis um presente!
Embora ela fosse uma boa pintora, aquele quadro era horrível. Arregalei os olhos, chocado, mas ela interpretou minha expressão de forma invertida:
— *Mon brave*, que bom que gostou tanto. Ficará lindo nesta sala!
— Aqui, não. Ele não combina com o ambiente. Precisamos encontrar um lugar mais despojado. — Ela indicou a entrada do escritório, mas discordei:
— Vou levá-lo para a minha casa. É mais próprio para uma residência.
Madame Eléne acabou concordando:
— *Vous avez raison, Maître Domice.* — Você tem razão.
Foi embora contente, deixando-me com o problema: o que fazer com algo tão pavoroso? Foi para o fundo de um armário no escritório, mas, sempre que eu o via ali guardado, pensava: *Tenho que me livrar desse treco horroroso. Mas como? Jogar no lixo, simplesmente?* Não poderia; Madame Eléne estava sempre nas imediações; se percebesse que eu havia feito uma coisa dessas, não sei o que me aconteceria. E assim, durante quase três anos, o quadro foi mantido naquele armário. Uma presença silenciosa, mas incômoda...

Um dia, surgiu uma ocasião propícia para eu me livrar do quadro. O prédio, que ficava na avenida Paulista, permanecia fechado aos sábados, de modo que Madame Eléne nunca aparecia por lá nesses dias. Trabalhei no escritório até as sete e meia da noite, mais ou menos, e voltava a pé pela avenida quando tive um estalo: *Por que não fazer o serviço hoje? Ponho o quadro no carro e, em algum lugar distante, dou-lhe adeus para sempre. Madame Eléne nunca ficará sabendo.*

Retornei apressado, embrulhei a obra em um jornal, coloquei-a debaixo do braço e saí decidido pela avenida Paulista até a rua Pamplona, onde havia estacionado o carro. Logo vi um caminhão de lixo prestes a atravessar a avenida em direção aos Jardins. Tinha em sua traseira um daqueles trituradores que estraçalham e compactam qualquer tipo de material. Fiquei atônito. Os garis se movimentavam, despejando no triturador o conteúdo das latas de lixo nas calçadas. O sinal fechou antes que chegassem até a lata que eu mirei, na esquina de cá da rua. E foi o tempo de dar uma breve caminhada, jogar a obra ali, virar as costas e sair saltitante, como nos desenhos animados, quase batendo os calcanhares no ar.

Levei meus filhos pequenos para jantar fora, conversamos bastante, rimos muito. Deixei as crianças na casa da mãe, corri a tomar um longo banho e fui aproveitar a noite paulistana. Fiz um tour por várias boates, conversei aqui, bati papo ali, tomei chope e caipirinhas, assisti a um show numa casa de eventos, dancei com umas moças... Passava das cinco e meia da manhã quando resolvi parar para uma cervejinha saideira no balcão de um botequim bem simples. Estava saboreando sossegado a tal saideira quando ali entrou um sujeito olhando gravemente para mim. Quase engasguei quando ele exibiu o quadro e, depois de aguardar alguns segundos pela minha reação, disse de forma ameaçadora:

— Estou vendendo. Quer comprar?

Não tive dúvidas: o quadro tinha que ser meu. Se não o recuperasse, ficaria pensando nele para o resto da vida. E a negociação que se seguiu foi difícil e prolongada:

— Não vale nada, você o achou em alguma lata de lixo — disse eu quando percebi a inflexibilidade do vendedor.

— Imagine — ele respondeu. — Isto é peça de colecionador, veio de uma galeria famosa.

Acabei pagando um dinheirão pelo quadro. De todos os trabalhos de Madame Eléne, nenhum alcançou melhor preço, tenho certeza. E venho guardando essa obra nos últimos anos com o cuidado de quem tem nas mãos um investimento valioso. Já transferi aos meus herdeiros todo o meu patrimônio, conservando apenas os rendimentos, alguns objetos pessoais e o quadro. Meus filhos e netos resolverão no futuro o que fazer com ele. Sinto-me contente e orgulhoso com isso. Deixo-lhes uma herança bendita, pois nunca será motivo de disputa.

ALIMENTANDO OS PEIXES DE SANTA CATARINA

Ingo, filho único de Gustav Franz Nederauer, capitão de indústria da colônia alemã de Santa Catarina, não hesitou ao ver aquela linda mestiça maranhense — Francisca do Amor Divino, 17 anos, 1,65 m, 50 quilos —, candidata a empregada doméstica em seu apartamento de solteiro. Contratou-a imediatamente e logo quis se casar com ela, mas seu pai foi veemente:

— Somos arianos puros, dolicocéfalos, não vou autorizar a mistura de nosso sangue. Não admitirei seu casamento com uma vira-lata nordestina!

Conformado, Ingo casou-se mais tarde com uma moça da colônia, com quem teve um menino ao qual deu o nome do avô. Um acidente, entretanto, matou o jovem Ingo, e a educação do neto, de 4 para 5 anos, ficou a cargo de Gustav, um avô atento e preocupado, embora sempre autoritário.

Costuma-se dizer que o tempo voa, e é a pura verdade. Em uma tarde de agosto de 1990, Gustav e Gustavinho, agora com 20 e poucos anos, caminhavam pelas ruas de Blumenau quando o velho arregalou os olhos diante de uma jovem senhora, acompanhada de uma moça de uns 18 anos, ambas mestiças, lindíssimas. Gustav não pôde evitar que Francisca o cumprimentasse levemente com a cabeça. O neto quis saber quem era, e o avô respondeu entre dentes:

— Nem pense em se aproximar dessa gentalha. Não passam de vira-latas!

Coisas proibidas fazem cócegas na imaginação. Gustavinho logo descobriu a identidade das duas. Ficou sabendo que a mãe, Francisca, quase se casara com seu pai. Quanto à filha, Elza, era fruto de uma relação com outro homem. O rapaz procurou as duas; em pouco tempo começou um namoro secreto com Elza. Até que o avô percebeu.

Conversando com pessoas ligadas ao caso, apurei que os acontecimentos se precipitaram depois de uma séria discussão de Gustav com o neto. O rapaz informou que se casaria com Elza de qualquer jeito, mas o velho foi veemente outra vez:

— Se você insistir, essa vira-lata será servida de comida aos peixes, no estilo da Cosa Nostra. Não me obrigue a tomar atitudes mais sérias, para o bem da moça.

Ao contrário do pai, o rapaz não se acovardou. *Comida para peixes?* Saiu de casa chutando as portas. Comprou alianças e, naquela mesma noite, ficou noivo. Dias depois, a moça sumiu. Desesperado, após três meses de buscas sem notícias da amada, Gustavinho passou pela casa do avô só para o aniversário de Matilda, sua avó. Abraçou-a e beijou-a sem olhar para o velho, cuja responsabilidade pelo desaparecimento era certa.

Ao servirem o almoço, o garçom trouxe, numa travessa de prata, um enorme robalo ao forno, todo perfumado. O neto ficou paralisado diante daquela silenciosa figura do peixe sem vida, os olhos bem abertos, o corpo estendido sobre um leito de farofa circundado por batatas coradas, cebolas douradas, alcaparras e ramos de alecrim. De repente, ao constatar algo de estranho no pescado, o jovem assumiu uma expressão enlouquecida e passou a forçar furiosamente a boca do peixe com um garfo até conseguir abri-la, retirando algo de seu interior.

Depois de olhar assustado para o robalo e para o objeto na palma de sua mão, pulou transtornado no pescoço do avô, aos gritos de "Assassino! Assassino!", obrigando os convidados a imobilizá-lo.

Passaram-se oito anos. Gustav morreu deprimido com a situação do neto, atacado pela loucura desde aquele aniversário da avó. No enterro, todos ficaram apreensivos quando o jovem surgiu devagar, voz baixa e lágrimas abundantes. Contou que, ao retirar da boca do peixe a aliança de sua noiva, viu o robalo dar uma piscadela e apontar o avô com o beiço, como se dissesse "Foi esse aí".

Sempre fui amigo da família, nunca tive dúvidas quanto à responsabilidade do velho. Porém, as coisas não aconteceram da forma como imaginou Gustavinho. Tempos depois do enterro do avô, uma prima do jovem visitava o centro histórico de São Luís do Maranhão quando viu, na rua do Giz, junto à praça da Seresta, ninguém menos que a desaparecida Elza do Amor Divino. Vinha acompanhada de uma senhora mestiça, ainda bonita, uma babá toda de branco e uma prole de seis crianças de tamanhos variados. Tinha engordado bastante, mas estava bem-vestida e parecia feliz.

CAVALOS FERIDOS

Quem não sentiria medo? Ele sentiu, mas precisava defender a pátria que sangrava, invadida pelos inimigos alemães. Ao lado de outras dezenas de adolescentes, também recrutados, reuniu toda a sua coragem, juntou-se às tropas e correu no meio delas em direção ao *front*, tropeçando com o peso do fuzil, da baioneta e do capacete. Em meio a fumaça, gritaria e estampidos do fogo cruzado, avançou ao lado dos soldados do batalhão belga, determinado a trucidar cada alemão que encontrasse. Menos de uma hora depois, fugia como quem vira assombração ao perceber que só ele e alguns outros eram os alvos que restavam para as armas e os canhões do inimigo.

Deflagrada a guerra de 1914, o Império Alemão invadiu planícies, vilarejos e cidades belgas no episódio que a história apelidou de "estupro da Bélgica". O adolescente Louis Clément, avô que adotei ao me casar com sua neta nos anos 1970, estreou assim sua carreira de combatente. Os locais de sua infância, outrora com flores e borboletas, foram destruídos pelas bombas do inimigo. Terra espalhada sobre capim morto, abutres ciscando, construções devastadas. E um odor insuportável.
— Tudo isso é tão distante, dr. Louis... Daqui a alguns anos ninguém vai acreditar que ouvi o testemunho de um soldado da guerra de 1914.

— Ah! Ouça então o que ouvi de minha avó sobre a Batalha de Waterloo, nas mesmas planícies da Bélgica, infelizmente o mais eficaz campo de batalha da Europa.

Voamos os dois, dr. Louis e eu, para cem anos antes da guerra de 1914. Estacionamos na madrugada do dia 18 de junho de 1815, data em que se deu a batalha; e ele fez com que eu escutasse, tanto quanto se lembrava, a narrativa que tinha ouvido em pequeno de sua avó:

"Eu e meus irmãos não conseguíamos dormir, a casa toda tremendo por causa dos raios e trovões. De repente, começamos a escutar ao longe o barulho de muitas pessoas que se aproximavam falando, arrastando os pés sobre a lama e as poças d'água, carroças puxadas por bois e mulas, o barulho forte do trote e do galope de cavalos misturado à marcha dos soldados. Encolhida de medo, fiquei ali quietinha até correr apavorada para a cama da minha mãe, onde notei a ausência do meu pai, até hoje não sei por quê. Meus irmãos também se aninharam naquela cama, e ficamos todos no escuro durante horas, escutando o barulho da marcha sob a chuva forte.

"Amanheceu. Todos aqueles soldados acamparam nas proximidades, debaixo da água de cascatas que caíam do céu. Às onze horas da manhã, mais ou menos, começou a batalha, com cavalaria e tiros, inclusive dos canhões, além dos berros de muitos homens e do tilintar de espadas e baionetas. Foi assim até o entardecer, e parecia que não ia terminar nunca.

"Na manhã do dia seguinte, saímos e fiquei chocada, meu neto, com a quantidade de abutres pelos campos e a movimentação de homens, padiolas e carroças que levavam os últimos feridos para hospitais e enfermarias improvisados. O mais triste foi quando vi dezenas de cavalos agonizando no campo de batalha, jogados aqui e ali, a gemer, relinchar e sofrer. Naquela noite fui dormir com o som daquela agonia nos ouvidos e fiquei pensando: Quem vai salvar os cavalos feridos? Até hoje não paro de pensar neles."

— Minha avó, uma criança — prosseguiu o dr. Louis —, não podia imaginar que as guerras do futuro seriam muito mais devastadoras. Cem anos depois, tive a minha experiência no mesmo campo em que se travara a Batalha de Waterloo; e até hoje escuto os gritos de dor e medo de meus companheiros adolescentes, abatidos pela artilharia alemã. Não consigo esquecer: eles eram tão inocentes quanto os cavalos feridos que impressionaram minha avó.

O dr. Louis morreu há várias décadas. Como ele, também eu não consigo esquecer — nem dos cavalos nem dos meninos.

SEM OLHAR PARA TRÁS

Depois de cercá-lo, nós o espantamos na direção de um labirinto na mata e conseguimos fechá-lo num cercado de vacinar o gado. Havia anos que eu sonhava com aquele garanhão, o líder da última grande manada de cavalos selvagens do sul do país. Entretanto, ao ver a cicatriz em seu lombo, arrepiei-me: *Será o potrinho castanho que roubei da onça parda? Não pode ser.*

Eu me questionava sobre isso quando o cavalo avançou sobre a cerca de arame farpado à sua frente, emaranhando-se numa luta desesperada contra os fios de aço. Não parou de se debater nem mesmo quando metade de seu corpo ficou dependurada nos arames e metade estirada no solo.

Ele não percebe, meu Deus, que é justamente a violência de suas reações que fortalece as amarras que o estrangulam? Seu sangue e seu suor se derramaram por toda a pelagem castanha. Urina e fezes se espalharam à sua volta, trazendo o odor da morte. Ele parecia agonizar diante de nós, que assistíamos impotentes à sua luta.

Um tiro de misericórdia? Meus companheiros apontaram suas espingardas, mas eu os impedi. De repente, tive certeza: era o mesmo potrinho de anos antes, e eu não podia deixá-lo morrer assim tão estupidamente. Minha vista esquerda se perdera naquele incidente com a onça; a cegueira de um olho teria que valer a pena.

Um velho caboclo surgiu do nada e pediu que o deixássemos sozinho com o animal. Sua fala mansa foi acalmando o garanhão, que se deixou acariciar e, devagar, foi se abandonando nos braços do caboclo.

Com calma e determinação, o velho permaneceu a noite toda a cortar e desembaraçar os fios; o cavalo quieto e resignado. De manhã, o animal conseguiu ficar em pé, a princípio trêmulo e cambaleante, mas logo pronto para voltar à liberdade. O velho caboclo banhou o animal com uma mangueira, esfregou sua pelagem com uma geleia feita de ervas, cantou uma canção indígena cheia de magia e foi tirando devagar o cabresto, enquanto avaliava minha reação.

Foi um espetáculo ver o cavalo se sacudir num frenesi, criar dezenas de arco-íris sobre as gotas d'água espirradas, relinchar enlouquecido para a paisagem dos pampas e partir determinado a atropelar qualquer obstáculo à sua frente.

Já ia desaparecendo quando estancou repentinamente. Havia esquecido alguma coisa? Voltou-se devagar em minha direção, parou a três metros de distância e disse com os olhos algo que para sempre tentarei decifrar. Virou-se com uma empinada — a cicatriz da suçuarana sobre seu lombo — e, buscando sua manada aos relinchos, invadiu a planície dos pampas num tropel alucinado.

Dei um sorriso para o velho caboclo, que só então reconheci. Ele não só havia costurado o lombo do potrinho anos antes, como tinha estancado o sangue de meu olho perdido para a onça. O velho devolveu o sorriso e nos voltamos a tempo de ver a garupa musculosa do nosso garanhão se confundindo com a poeira do horizonte enquanto ele desaparecia para sempre de nossas vistas, sem olhar para trás.

RATOS MORTOS

A aposentadoria de cobrador de ônibus proporcionava ao paraense Deolindo Santana uma vida tranquila. Viúvo, havia criado sozinho seis filhos — o mais velho tinha então 50 anos, o caçula, 42. Livre de responsabilidades, perambulava pelos bares da favela do Arara numa rotina igual à das abelhas atrás do néctar. À noite desmaiava até a jornada da manhã seguinte, quando ia apertando as mãos de todos pelas ruelas, um perfeito político em campanha. Gostava da alegria do lugar, livre de bandidos por causa do Grupo, uma espécie de milícia encarregada da ordem.

Os ambientes escuros dos barzinhos, violados pelos raios do sol que atravessavam as frestas das telhas de amianto, eram um perfeito abrigo do calor. Deolindo bebia caipirinhas, rabos de galo, cervejas geladas; beliscava sarapatéis e corações de frango no espeto, saboreava mortadelas temperadas com o limão-bravo da região. Às vezes almoçava dobradinha com feijão-branco, buchada de bode, rabada com agrião...

No dia dos fatos, um mulato mal-encarado entrou no barzinho do Pirão e começou a destratar as pessoas. Teria uns 30 anos? Muito forte, portava na cintura um revólver dos grandes. O clima foi ficando tenso, até que Cícero, um jovem cearense com a metade do tamanho do valentão, puxou uma 7.65 e a encostou no pescoço do tal.

— Tu é hómi morto. Encomenda tua alma pro diabo. — O mulato fez que ia reagir, mas Cícero pressionou o cano. — Qué morrê aqui memo e sujá tudo de sangue? Vamo pra rua!

O sujeito se arrepiou como cachorro bravo, mas foi saindo quieto, Deolindo vendo tudo em expectativa. Ao atravessarem a soleira da porta, um tiro trovoou, e antes mesmo de despencar no chão o mulato já estava morto. Cícero foi até o corpo e pegou o revólver do defunto, um Magnum .44, que tomou para si na mesma hora. Assobiou alto, e surgiram uns meninos entre 9 e 13 anos, que em uma carrocinha levaram o corpo escondido debaixo de jornais e cobertores velhos.

Respingado de sangue, Cícero voltou para o bar. Lavou-se em um tanque nos fundos e retomou a conversa como se nada tivesse acontecido. Deolindo perdeu o controle.

— Você matou o cara sem mais nem menos! Por que não deixou ele ir embora?

— Rato bom é rato morto — respondeu. — O cabra era sangue ruim, ia vortá atirando pra todo lado. Agora tá no inferno, onde vai morar pra sempre. — Deu uma gargalhada, e todos o acompanharam batendo palmas.

Deolindo perambulou pensativo o resto da tarde. Rato bom é rato morto? Ao deitar-se, não conseguia pegar no sono. Recordou o dia em que atacara em seu barraco, a pauladas, uma ratazana e meia dúzia de filhotes indefesos. Seus meninos e meninas, ainda pequenos, se divertiram bastante, aclamando-o como herói. Deu um sorriso ao relembrar o prazer e a alegria de todos pela morte da família de ratos. Virou-se na cama e dormiu profundamente.

PARA SEMPRE

Com 94 anos, Antônia ainda reunia forças para levar a marmita para Welinton Benedito, seu trineto, 18 anos, vítima da mesma maldição que aprisionara por toda uma vida não só o marido dela, Dumonte, como também o filho Celestino, o neto Gilmar e o bisneto Ronivon, pai do jovem Welinton, o único das cinco gerações que havia sobrado.

Antônia se preocupava com a sorte do rapaz: *E quando eu não conseguir mais alimentá-lo?*. Acorrentado, o trineto vivia como um cachorro feroz, mas era ela a prisioneira, enfrentando diariamente uma caminhada de alguns quilômetros para tratar do rapaz. Quanto a ele, gordo e satisfeito, dormia e descansava sem nenhuma preocupação, salvo o alimento e o carinho diários da trisavó.

Antônia matou-o em uma tarde fria do mês de julho. Ele se aninhou em seu colo para receber cafuné, encolheu-se arrepiado e trêmulo de expectativa, os olhos fechados de prazer, só esperando as mãos carinhosas da trisavó em seus cabelos. E então, com um "zás" tão preciso quanto afetuoso, Antônia deslizou o aço afiado de uma faca em sua garganta, sem que ele imaginasse o que se passava. O rapaz se esvaiu em sangue, os olhos arregalados sem enxergar nada, as órbitas saltando longe.

No dia seguinte, o crime foi descoberto quando Antônia enterrava pedaços do cadáver no quintal. "Nonagenária mata e esquarteja descendente com deficiência intelectual", noticiou a imprensa. Naquele rancho e naquele dia foram encontradas mais quatro ossadas humanas, enterradas em épocas distintas. Só então as pessoas da cidade deram pela falta dos outros retardados mentais da família da assassina.

Tempos depois, agora aos 96 anos, com os olhos bem fechados e as mãos fazendo figa, Antônia ouviu sua condenação pelo Tribunal do Júri de Santa Maria do Campo Triste. Dispensada de trabalhos ou esforços, estava sendo muito bem alimentada na prisão federal do município. Não se lembrava de ter vivido tão bem nem com tanto conforto: dormia numa cama, usufruindo de cobertor, travesseiro, colchão e tudo; tinha luz na sua cela, pia com água e até uma pequena latrina; havia na penitenciária um refeitório para café da manhã, almoço e jantar, e os alimentos apareciam na mesa sem que ela precisasse sair atrás deles. Antônia jamais havia sido tão feliz e livre em toda a sua vida. Por isso olhou para os céus e sorriu agradecida ao ouvir o veredicto: oitenta anos de prisão.

BREJO

Desde muito jovem sua vida era, por assim dizer, um brejo coberto pelas brumas da madrugada, com o fundo musical orquestrado por algum sapo perdido na solidão. Sobrevivendo dessa forma assim melancólica, chegou inesperadamente o dia em que Alfredo Caiado de Oliveira conheceu Tereza Dias Zampiero e passou a experimentar momentos de intensa emoção. Casaram-se, e o amor deles consolidou-se profundo e verdadeiro, mas não o bastante para afastar Alfredo das tentações do adultério.

No começo eram algumas escapadelas sem maiores consequências. Sua vida dupla só teve início quando conheceu Ana Maria Maia de Azevedo, logo transformada em amante, alvo de uma paixão tão tórrida que, se a comparação não fosse exagerada, eu diria que Alfredo transformou-se numa fornalha prestes a explodir.

Na falta da decisão corajosa de romper o matrimônio, o tempo foi interferindo e aos poucos se encarregou de esfriar a paixão de Alfredo, preservando o casamento e a relação adulterina por quase dez anos. Durante esse tempo, foi aflorando devagar em seu espírito um sentimento incômodo, uma nuvem que encobria algo muito mais importante do que sua relação com a amante. Era algo que, de alguma forma, encobria sua felicidade ao lado de Tereza, a mulher legítima, e dos três filhos pequenos.

Ele começou a comparar o que sentia pela esposa e pela amante, passando a avaliar as vantagens e desvantagens de cada uma das relações amorosas. Em uma viagem ao exterior para reflexão, ele pesou os prós e os contras, chegando à conclusão de que precisava intensificar sua relação com Tereza, o que exigia o término de seu caso com Ana Maria. Não havia como prosseguir naquela vida, sem se entregar completamente a nenhuma das duas mulheres. Era um tempo em que ainda não havia as facilidades de comunicação de hoje, de modo que ele sentou à penteadeira de seu quarto de hotel e — como um pecador destinado a se transformar num príncipe da moral e dos bons costumes — escreveu duas longas cartas.

Para Tereza, declarou todo o seu amor. Disse que jamais havia pensado em traí-la, inclusive porque nunca havia encontrado outra mulher com a mesma envergadura. Todas as demais lhe pareciam fúteis, sem graça e monótonas. Lógico que conhecia mulheres bonitas, como aquela de quem Tereza havia sentido ciúmes na última festa de Páscoa, a Ana Maria Maia de Azevedo, uma bela mulher, não se pode negar, mas sem sal, meio sonsa, desprovida de charme. Seria um belo enfeite, mas só enfeite, sem outros atributos importantes além da mera beleza física. Falou de sua disposição de passar mais tempo junto dela, Tereza, e de intensificar a maravilhosa relação de amor que mantinham.

Para Ana Maria, também declarou o seu amor. Lembrou-a, entretanto, de todas as dificuldades e problemas que ela bem conhecia, oriundos do desequilíbrio mental de sua mulher Tereza, com quem ele tinha três filhos pequenos. Ciente de tudo isso, Ana Maria, uma mulher sensível e inteligente, haveria de compreender que eles dois não poderiam prosseguir indefinidamente com aquela relação de amor. Apesar de todo o desprezo que sentia por Tereza, não poderia abandoná-la, pois temia pela sorte de seus filhos. Casar-se com uma desequilibrada e doente havia sido um erro desastroso, mas não havia como fugir das consequências. Teria que suportar Tereza até que os filhos atingissem uma idade em que pudessem se defender sozinhos. Daí porque ele e Ana Maria precisavam se separar. Era uma decisão difícil e dolorosa, mas não existia alternativa senão sacrificarem todo o amor que sentiam um pelo outro para evitar um mal maior; para não correr o risco de alguma loucura por parte de Tereza.

Despachou as cartas pelo correio e foi dormir contente, satisfeito por ter tomado aquelas duas decisões definitivas. Não é difícil imaginar a grande trapalhada que fez. Poderia acontecer com qualquer um, mas aconteceu justamente com ele.

Na manhã seguinte, ao acordar, Alfredo reconstituiu os fatos em sua memória e num estalo percebeu, gelando, que havia trocado os envelopes, enviando a Tereza a correspondência de Ana Maria e vice-versa. Com olhos arregalados, pensou em cada uma das mulheres lendo a carta de amor destinada à outra.

A trapalhada era tão irreversível que só poderia ser consertada em outra vida. Ele havia adotado uma eloquência tão convincente... Com a chegada das cartas aos endereços, só lhe restaria retornar ao brejo de origem, coberto pelas brumas da madrugada e pela melancolia do fundo musical orquestrado por um sapo perdido — ele próprio.

O INVASOR

Corriam de um lado a outro, aterrorizados com o tropel de nossa cavalaria. Um líder entre nós dirigia o ataque com palavras de ordem e frases de efeito. Atento à retaguarda, organizava a ação dos artilheiros, prontos para rechaçar qualquer contra-ataque. Fazíamos barulho, berrávamos, batíamos latas para espantar os inimigos em direção à emboscada final. Desnorteados, eles levantavam uma poeira escura do chão enegrecido pelo estrume da cavalaria que pernoitara no campo de guerra. De repente, estavam cercados, e precisávamos cumprir as ordens de não fazer prisioneiros, de não deixar sobreviventes.

Fui o primeiro e o último a derrubar um dos inimigos. Com uma pedra, acertei sua cabeça, que explodiu como uma bomba, espirrando destroços ensanguentados para todos os lados. O guincho do infeliz encheu a manhã daquele dia cinzento. Foi um guincho lancinante, arrepiado pela agonia da morte no fim do mundo. Nossos homens ficaram paralisados e cessaram imediatamente todo o ataque, acercando-se da vítima agonizante. Brincávamos; não passava pela nossa cabeça machucar ninguém. Por mais que a atividade bélica pudesse se assemelhar a um combate real, nossa maldade era fingida, e aquele golpe nos pegara de surpresa.

Jamais esquecerei. Eu tinha 8 anos, nosso líder não teria mais de 11 ou 12. Representávamos heróis contra inimigos ferozes, mas nossos adversários não passavam de simples galinhas e frangos, invasores habituais do cercado das cabras leiteiras. A vítima fatal — que tristeza — era um franguinho carijó, magricelo, indefeso, tristonho. Horas mais tarde eu choraria muito lembrando sua imagem sombria, largada sem vida junto de uma poça de sangue.

Aquela foi a primeira vez que matei alguém.

CENTO E VINTE ANOS DE SOLIDÃO

Domingo, 8 de agosto
Ressaca daquelas, recebi o telefonema matinal de dona Concheta com as ameaças de sempre: vai me excluir de seu testamento, cansou de minha incompetência, não sirvo para tomar conta de suas coisas, blá blá blá. Maldito o dia em que, parecendo Fausto, topei aquele pacto com o diabo da velha.

Segunda-feira, 9 de agosto
Fiquei arrasado com a morte repentina de tia Chiquinha, coitada; foi muito triste o enterro, só lágrimas e choradeira, especialmente do pessoal que trabalhava com ela. Que dona Concheta não espere nada parecido. Quem choraria sua morte? Dançarei samba-rock, engolindo sanduíches de caviar Malossol acompanhados de Veuve Clicquot. Opa... Ela nem ligou hoje. Será que aconteceu algo? Não, não deve ter morrido.

Terça-feira, 10 de agosto
Dona Concheta não me ligou hoje de novo. Não é fácil ficar rico sem herdar de pai, mãe, parente; sem ter que casar com mulher rica, sem ter que entrar para a política. Mas essa de encontrar uma velha milionária, sempre doente, que te oferece toda a herança só para você cuidar dela até o fim, pode ser uma armadilha horrorosa. São quinze anos sem viajar ou passear com tranquilidade; quinze anos carregando a velha infame de hospital em hospital, de médico em médico, em exames laboratoriais, contratando e despedindo cuidadoras e empregados da casa, orientando aplicações financeiras, acompanhando a velha em reuniões de negócios e até em eventos sociais.

Quarta-feira, 11 de agosto
Mais um dia sem telefonemas de dona Concheta. Dá vontade de ir à casa dela xeretar, mas, se eu topar com a figura, vou mandá-la à merda: que enfie toda a sua herança no rabo! Vai me excluir do testamento? Então faça logo, filha da puta!

Quinta-feira, 12 de agosto
Dona Concheta não me ligou pelo quarto dia seguido. O que será que aconteceu? Será que teve um piripaque e foi para o inferno? Tomara. Não aguento mais aquela velha metida, amarga, mal-amada, que não tem ninguém a não ser o pateta aqui, seu único herdeiro segundo o testamento que selou nosso pacto.

Sexta-feira, 13 de agosto
Dona Concheta ligou para dizer que fez outro testamento e me deserdou, como vinha anunciando. Levei um choque, mas respondi serenamente: "Melhor assim; não precisamos conversar sobre mais nada nunca mais!" Bati o telefone, impressionado com meu sangue frio para esquecer a trabalheira dos últimos anos como babá daquela velha.

Sábado, 14 de agosto
Acordei sentindo um grande alívio, parecia que eu estava nas nuvens. Nunca mais precisarei torcer todos os dias para que alguém morra. Tenho bons princípios, não suportava mais conviver com esses pensamentos, com essa torcida sórdida. Agora tudo mudou na minha vida; passarei a rezar antes de dormir e ao acordar — pedindo a Deus que mantenha a velha viva pelas próximas quatro décadas. Preciso que ela complete 120 anos de idade, pelo menos, para que eu me sinta vingado. Existe vingança melhor? Cento e vinte anos de *solidão*.

DENTE DE OURO

Dezenas de macas com mortos e feridos se espalham pelo saguão, que parece um hospital de campanha, tal a desordem, a gritaria e a choradeira. A cada momento, as enfermeiras vão acompanhando os pacientes para dois elevadores distintos: um que sobe ao Céu, outro que desce às profundezas da Terra. Ensanguentado, com dores e ferimentos pelo corpo inteiro, procuro lembrar o que aconteceu.

Sim... Eu preparava uma matéria sobre atentados suicidas e homens-bomba quando alguém da redação indicou como provável alvo a sinagoga da rua Ben-Gurion, n. 237, aqui mesmo na zona sul de Tel Aviv. Na tarde seguinte, à espreita, vi surgir alguém do outro lado da rua. Assustado, o informante que me acompanhava disse, antes de fugir:

— Aí está ele, meu caro. Boa sorte.

Gato caçando passarinho, segui o suspeito até o interior do templo, passando a clicá-lo, sorrateiro, com minha pequena Pentax K-5 SLR. O tipo trazia na cintura um volume que pareceria uma barriga se sua rigidez não denunciasse a bomba escondida pelas vestes. Havia também um cadarço de sapato dependurado do lado esquerdo de sua bata. Exceto pela barba comprida, sua aparência era leve, suave... Não parecia um suicida, mas um rapazinho católico, fervoroso, após a primeira comunhão. Todo o tempo ele olhava para cima, e, pelo movimento de seus lábios, percebi que estabelecia contato com alguma entidade divina — o suspeito orava.

Surpreendi-me, através da lente de minha câmera, quando resplandeceu no sorriso repentino do meu alvo um dente de ouro com o brilho de uma estrela. Sim, um brilho tão bonito quanto maligno, destoando do rosto piedoso. Aquela imagem me distraiu; mal notei a mão direita do indivíduo indo ao cadarço de sapato que saía de sua bata; um movimento fluido da ponta de seus dedos detonou a explosão. Fui arremessado a uma parede pela força do deslocamento de ar; desmaiei por um átimo, voltei enlouquecido: "Perdi a foto, como deixei isso acontecer?" Saí desesperado a clicar toda a tragédia, fotografando cada mão decepada, cada cabeça estraçalhada, cada movimento de dor, cada expressão de horror... Até que o teto da edificação desabasse sobre a minha cabeça e as dos sobreviventes, cliquei toda a sangueira dos corpos mutilados pela matança.

Agora há pouco, em meio à balburdia do hospital, vi o homem-bomba sendo levado ao elevador que sobe. Tente entender as religiões: depois de chacinar várias dezenas de pessoas, o suicida é autorizado a tomar justamente o elevador que vai em direção ao Céu. Sim, certamente porque demonstrou sua fé e o amor incondicional ao seu credo. Quanto a mim, preocupado em exercer com primor o meu trabalho jornalístico, sou jogado como um facínora no último pavimento do subsolo, onde dou de cara com meu novo patrão, diante de centenas de caldeirões de azeite fervendo. Quase desmaio de horror quando — na semiescuridão do fogo e da fumaça — vejo cintilar em sua boca a mesma resplandecência que eu havia visto antes do atentado. Minhas dúvidas logo se dissipam. Não é o homem-bomba, mas é o mesmo sorriso e o mesmo dente de ouro que vi pouco antes da explosão. A diferença é que agora o dente está tão brilhante e tão maligno como eu jamais poderia supor.

GULLIVER, VOVÔ E EU NA TERRA DAS SEQUOIAS

— No Parque Nacional da Sequoia, na Califórnia, tive sensações iguais às de Gulliver na terra dos gigantes — contava meu avô. — Nem no tempo dos dinossauros teriam existido árvores tão gigantescas quanto as sequoias que crescem no frio úmido daquelas montanhas e alcançam altura equivalente à de um prédio de trinta andares. No ano zero, quando nasceu Jesus Cristo, boa parte delas, germinadas séculos antes da fundação da Roma Antiga, em 753 a.C., já tinha mais de mil anos.

Quando estive na Califórnia, vi exatamente as mesmas sequoias que teriam deixado vovô espantado. Paramos o automóvel e recordei uma foto antiga do velho ao entrar na gruta de uma das árvores do parque: chapéu de feltro, cachecol no pescoço, guarda-chuva no braço esquerdo. Quase um século depois, era eu quem entrava na mesma gruta, originária de uma enorme queimadura no caule da árvore. Não há no parque nenhuma sequoia, entre as maiores, que não tenha ao menos um ferimento provocado pelo fogo. Sem que ninguém risque um fósforo, faça uma fogueira ou lance dos céus algum raio, os incêndios acontecem no parque com frequência, provocados por combustões espontâneas.

(Com as corridas do ouro no Velho Oeste a partir de 1848, o homem branco viu nas florestas gigantes uma fonte inesgotável de madeira, e começou a derrubá-las a machadadas. Após a Segunda Guerra Mundial, modernas serrarias e madeireiras quase transformaram a região num grande deserto, provocando uma erosão acelerada e o assoreamento dos cursos d'água. Os cardumes de salmão desapareceram e também os ursos que deles se alimentavam; várias outras espécies tiveram o mesmo destino, até que os atos de proteção governamental e a criação de parques nacionais nos Estados Unidos evitaram a completa extinção das sequoias e das espécies dependentes.)

A longevidade dessas árvores, aliada aos oitenta anos que separam a minha visita e a de meu avô ao parque, lembra que nossa existência, em comparação à das sequoias, não significa senão uns míseros microinstantes do Universo.

Meus filhos, meus netos, bisnetos e trinetos, não deixem de conhecer o parque. O microinstante de vocês se enriquecerá ao constatarem que nada mudou naquela terra de gigantes nos últimos milênios, desde que Gulliver passou por ali em uma de suas viagens. Vovô chegou a essa conclusão na década de 1930, e eu quase um século depois. Não deixem de ir até lá nos próximos cem, duzentos ou trezentos anos.

CICATRIZES NO OCEANO

A jubarte cheia de cicatrizes era a mais velha daquelas quarenta ou cinquenta fêmeas com seus filhotes. Nadava na dianteira, avaliando como guiar o grupo para fora do cerco que se fechava com rapidez. Ela afundaria em busca de águas profundas quando estivesse próxima das embarcações, mas não seria rápida a ponto de desnortear as companheiras que a seguiam. Talvez desse um salto no espaço antes de mergulhar em fuga, mas não saltaria tão alto como sempre fazia, para não se tornar alvo dos arpões explosivos dos baleeiros.

Movimentou-se para cá, para lá, afundou, voltou à tona; provocou ondas e marolas que se perderam nas águas enlouquecidas pelo desespero em sua retaguarda; avançou de um lado a outro do cerco; imprimiu à sua movimentação toda a velocidade que as nadadeiras eram capazes de alcançar...

Nada do que fez deu certo, e, a começar por ela, todas as baleias daquele grupo foram mortas.

EXTREMA-UNÇÃO

Pensamos na vida quando a morte passa perto. No que pensaremos se estivermos mortos e a vida passar perto?

No final da década de 1960, eu cursava o primeiro clássico do Colégio Rio Branco, onde o professor Salles dava aulas de português. Ele era cearense, falava com sotaque carregado, exibia uma careca lustrosa, uma barriga respeitável e, apesar de ser um homem forte, já amargava pouco mais de 70 anos.

Certo dia, ele contou que, anos antes, atravessava a avenida Rebouças quando foi atropelado. Levado às pressas para o Hospital das Clínicas, teve uma parada cardíaca e sua morte se consumou em circunstâncias que seriam definitivas, não fosse o que aconteceu em seguida.

O professor Salles sentiu-se deslizando por uma espécie de túnel, chegando em segundos a um local tão estranho quanto exótico. Sob a luz do sol, caminhou pelo jardim mais florido que já havia visto, ao som de pássaros coloridos de todas as espécies, com as mais variadas tonalidades. Em nenhum instante sentiu algo desconfortável ou desagradável, e aqueles momentos foram os mais deliciosos de sua existência. Estava assim maravilhado quando voltou à vida repentinamente, em uma sala de cirurgia, tomando terríveis choques elétricos no coração. Foi enviado para uma UTI, onde passou a ser torturado diariamente. Mais alguns dias, entretanto, e voltava para casa são e salvo.

O fim de nossa vida, apesar de ser um momento sempre tão temido e assustador, não é, necessariamente, algo tão ruim e tenebroso quanto imaginamos. A partir do relato do professor, fiquei atento a outras narrativas semelhantes, constatando que a maioria dessas histórias tinha características e detalhes idênticos. Nos idos de 1999, eu tive a oportunidade de viver uma experiência semelhante ao me envolver num acidente.

Jovem e irresponsável, eu testava na avenida Paulista uma motocicleta Ducati Monster de novecentas cilindradas, última palavra nas corridas de motovelocidade, quando um ônibus que vinha pela avenida Brigadeiro Luís Antônio atravessou à minha frente. A batida foi inevitável, e me vi deslizando pelo mesmo túnel de que havia falado o professor Salles duas décadas antes. Fui parar em um local idêntico ao de sua descrição, onde comecei a caminhar, admirado com a alegria e a satisfação das pessoas a praticar esportes e se divertir como em um clube.

De repente, quem encontro naquele paraíso celeste? Pensei que fosse um sonho, mas o professor Salles veio correndo me cumprimentar e me abraçou, visivelmente emocionado. "O que você está fazendo aqui, rapaz? Ainda não chegou sua hora." Esbocei um sorriso desconcertado, imaginando que ele ia me levar para conhecer aquele lugar maravilhoso, mas não foi isso que aconteceu.

O professor se aproveitou de minha distração, pegou-me pelo cangote com a mão esquerda, agarrou os fundilhos da minha calça com a mão direita e me arremessou como uma catapulta de volta para a boca do túnel que havia me levado até lá. Deslizei pelo caminho de volta e acordei, quase que imediatamente, em pleno asfalto da avenida Paulista, esquina com a Brigadeiro, ao som de buzinas, motores e sirenes. Cercado por populares e curiosos, estendido nos braços de um padre que finalizava minha extrema-unção, ainda escutei ecoar o grito autoritário do professor Salles:

— Volte outro diaaaaa!

A CASA
DA BARATA

Em nossa mente há sempre um lugar, imaginário ou real, onde não gostaríamos de permanecer sequer um minuto. Meu lugar do terror foi eleito na infância, nos anos 1950, na antiga São Paulo da garoa.

Havia em nossa casa um pequeno cômodo sem janelas, cuja ocupante clandestina fornecia exércitos de baratinhas para todo o bairro do Pacaembu. Muitas vezes, meus irmãos e eu fomos trancafiados naquele local como castigo, sob a tortura da escuridão, do vulto gigantesco do inseto e de sua respiração gelada em nossa nuca. A esse cômodo demos o nome de Casa da Barata.

Para afastar as lembranças dos instantes silenciosos naquela solitária, em adulto aluguei um apartamento cheio de luz, alegrado de dia pela passarada e de noite pelos bares das proximidades. Embora sempre afirme que sou uma pessoa livre e destemida, não consigo esquecer, em minhas madrugadas de insônia, olhos e antenas a me vigiar, além do som da respiração sussurrada da barata.

Mas nem todos sentem as coisas da mesma forma. Lugares ou situações que aterrorizam uns geram segurança e tranquilidade para outros. Chama a atenção o exemplo de meu irmão caçula. Criança e adolescente malcomportado, a todo momento nossos pais o castigavam, deixando-o trancado naquele local. Ele não ligava e sempre defendia sua companheira de cativeiro, alimentando-a com açúcar e guloseimas.

Certo dia, ele se instalou no cômodo em caráter definitivo. Eu pensava nesse irmão como um daqueles sujeitos, tipo Mandela, que podem sentir a liberdade plena em qualquer lugar, mesmo em uma prisão de segurança máxima ou numa solitária destrancada. A verdade, porém, é que a fantasia crescera tanto na mente dele que o inseto imaginário tornou-se real. E os dois se completaram no cativeiro, tornando-se amantes.

Em determinado momento, porém, a demolição da residência para a construção de um prédio quase levou aquele estranho casamento a desmoronar. Desalojados, meu irmão e a barata viveram momentos de tristeza profunda, o que só veio a fortalecer a união. Como um casal de cisnes, o exemplo máximo da fidelidade, só se separaram com a morte dele, então na idade madura.

Em visita ao manicômio onde morreu, soube pelos pacientes que a companheira dele permanece até hoje na solitária escura e sem janelas que dividiram nos quarenta anos que ali viveram.

Fiquei estarrecido ao saber que nos últimos tempos a direção do estabelecimento adotou, como norma, trancafiar naquele local os internos que se comportam mal. Lembrei-me da infância e fui acometido por um surto de horror incontrolável, exigindo choques e camisa de força. E, assim, fui mandado para a minha primeira temporada na tal solitária — o cômodo a que os internos deram o nome de Casa da Barata.

SENHORES, ESCRAVOS E LEITÕES

Teve vida curta este leitãozinho, mas quem veio pro almoço vai aproveitar. Não era pra ser cachaço, não era pra ser reprodutor. Mesmo morto assim, tão novinho, ao menos aproveitou um sopro de vida, o que não aconteceria se seus bisavós, avós e pais, reprodutores Duroc Jersey, não tivessem sido criados para que ele tivesse essa sina — de virar comida da melhor. Quem mandou ser tão gostoso? Ainda mais à pururuca...

Dois dos tataravós de meu patrãozinho foram donos de dois de meus tataravós — escravos. Nas mudanças do tempo, depois que terminou a escravatura, o pai do meu patrãozinho virou patrão da minha avó e depois da minha mãe. Ele não era de todo ruim, pagou meus estudos até eu assumir a cozinha da fazenda. Minha sina é igualzinha à de vó Antônia e à de minha mãe. Cozinheiras de primeira, trabalharam para a família do patrãozinho até morrerem. Tinham antepassados príncipes, capturados na África e vendidos como escravos no cais do Rio de Janeiro.

Não importa. O patrãozinho e seus ancestrais senhores, minha mãe e seus ancestrais escravos e o leitão e seus ancestrais porcos somos todos parentes, descendentes dos peixes que se tornaram répteis, dos répteis que se tornaram mamíferos, dos mamíferos que se tornaram senhores, escravos e leitões.

Tenho muito orgulho de ser a cozinheira que sou. Quem consegue transformar um bicho sem vida como este num leitão à pururuca mais gostoso que as comidas lá do Céu? Olha como está bonito e ao mesmo tempo assustador. É só colocar a maçã na boca para ele poder participar como protagonista de um filme de terror para porcos. Pobre leitão.

E lembrar que eu mesma o escolhi no chiqueiro e o mandei para a morte... Como esperneou e gritou o infeliz! Parecia que o estavam matando... e estavam mesmo. O velho Izidoro e eu o escaldamos com água fervente e deslizamos sobre seu couro facas afiadas como as antigas navalhas de barbear; raspamos toda a sua pelagem, abrimos sua barriga e jogamos tudo pra cachorrada da colônia. Preparei vinha-d'alhos e deixei o bicho de molho num tacho bem grande para a sua carne pegar gosto.

(Ainda de madrugada eu examinei o leitão; vi que estava suficientemente marinado no tempero e mandei-o direto para o forno a lenha. Mais tarde cuidei das guarnições: arroz, virado de feijão, batata palha, couve rasgada... Ah! E a farofa do recheio, então? Linguiça e toicinho bem fritinhos, misturados ao refogado de tomate, pimentão, cheiro-verde, ovos picados e temperos.)

Fico imaginando se não é por causa do sobrenome Leitão — parente até de um ministro do presidente Figueiredo — que a família do patrãozinho é tão louca por leitão à pururuca. É gozado... mas eu preferia devorar eles mesmos: o patrãozinho e seus dois manos dessa geração da família Leitão. É o tal do *assunto porco*. Sinto arrepios só de me lembrar de vó Antônia doente, antes de morrer:

— Num se achegue perto desse povo da família Leitão, minha moleca. Aquele véio safado e lazarento era porco demais da conta: meteu o pé na minha cozinha, nasceu tua mãe; meteu o pé na cozinha dela, meu Deus, nasceu ocê, filha e neta do diabo do velho Leitão. Num se achegue nos três leitãozinho, netos dele, tudo parente; escuita o que eu tô te dizendo. Pra num tê fío com focinho de porco.

Mas quem poderia controlar uma adolescente como eu, cheia de tesão?

(A parte de que eu mais gosto do preparo de um pururuca vem depois de pronta a farofa. Vou pegando com as mãos... vou pondo aos bocados dentro do corpo do leitão... vamos... vamos... tá bem recheado, não cabe mais nada... Costuro a barriga dele com barbante e fecho o recheio todo lá dentro. Pronto, o bicho volta pro forno por mais umas quatro horas.)

Tudo começou com brincadeira de médico, na inocência; depois virei cobaia pros estudos de anatomia dos três leitõezinhos; em pouco tempo apareceram as revistinhas de sacanagem... Como era mesmo que o patrãozinho e os irmãos faziam para comprar na banca de jornais?

— Ei, seu João, chegaram os "catecismos" novos?

— Ocêis inda são criança pra pensá nessas safadeza. Num vô vendê nada com essa menina perto. Cêis inda são de menor, vai dá encrenca.

(Opa! Preciso tirar o feijão do fogo; tá quente demais, vai queimar. Deixa eu ver também o doce de abóbora; tá cheirando no caldeirão, vamos dar uma boa mexida. Mas o que mesmo eu tava lembrando há pouco? Ah, os "catecismos" que a gente lia escondido na cocheira, trancados no quartinho dos arreios.)

Nossas experiências degringolaram. Os meninos me deixavam cada vez mais enlouquecida, até o dia em que avançaram tanto que meu sangue manchou o pelego branco no piso frio do quartinho. Com os meninos me olhando assustados, chorei bastante, confusa, sem entender direito o que havia acontecido. Tinha perdido a infância sobre um pelego de carneiro, com um menino se masturbando à minha esquerda, outro à minha direita, e um terceiro, o patrãozinho, corcoveando dentro de mim como um cavalo chucro. Não quis mais nada com os três até que as férias escolares terminaram e todos voltaram para a cidade.

(Estou furando e espetando a pele do leitão a cada dez minutos, mais ou menos. Logo vou jogar o óleo fervente para fazer o couro pururucar e... forno outra vez, até o ponto certo! No final é só escorrer toda a gordura, deitar o bicho confortável e cheiroso em uma travessa grande e deixá-lo estendido em uma cama de farofa, enfeitado com fatias de abacaxi, folhas de louro, rodelas de limão, de tomate, salsinha picada...)

Nas férias seguintes as coisas pegariam fogo. Agora uns homens, os Leitões não me deram mais sossego. Acabei engravidando, sem imaginar qual dos três seria o pai. Pobre leitoazinha que eu era.

Menina de tudo, abortei logo no início. Podia ter aprendido, mas não. Quando já estava na escola, engravidei de novo. Num intervalo de férias, eu e o patrão nos esbaldamos por todos os cantos da fazenda, transando em cada moita, cada touceira, cada tronco de árvore, cada canto da casa, na cama da mãe dele, nos banheiros, não teve um centímetro da fazenda que não ficou melado com a porra dele escorrendo pelas minhas coxas.

Sem chance de ficar com o patrãozinho, então noivo da atual esposa, casei-me correndo com o finado Teodoro, que sempre acreditou ser o pai do filho que tive meses mais tarde. Ninguém desconfiou de nada; mas, por causa daquela história contada pela vó Antônia — do pé do velho Leitão na cozinha dela e na cozinha de minha mãe —, passei um apuro na gravidez, só pensando no focinho de porco que podia nascer. Deu tudo certo, graças a Deus. Meu leitãozinho é mesmo lindo. Hoje com 16 anos, até parece um artista de cinema, com aquela cabeleira morena, barba cerrada e olhos azuis. Mas os problemas de parentesco estão me infernizando. Só uma árvore genealógica explica. O velho Leitão é meu pai e meu avô ao mesmo tempo; minha mãe é minha irmã (porque também é filha de meu pai, o velho Leitão); o patrãozinho, pai de meu filho, além de ser meu tio (porque é irmão de minha mãe), é também meu irmão (porque é filho de meu pai, o velho Leitão). Qual o parentesco que tenho com meu próprio filho? O que sou dele, além de sua mãe e sua tia? Tudo isso sempre me perturbou, mas agora...

Pois é. Dois anos depois que meu marido Teodoro morreu, voltei em definitivo para a fazenda, eu e meu leitãozinho. O problema é que o assunto porco está em pleno andamento e não sei mais como saio disso. É só começar a mexer este feijãozinho cheiroso de toicinho que me dá vontade de voltar a ser criança, de me ajoelhar e arrebentar de tantas lágrimas, de tantos soluços. Como é que eu resolvo essa porcaria toda? Como vou explicar ao patrãozinho essa história porca do pai dele metendo o pé nas cozinhas de vó Antônia e de minha mãe? Como vou contar, também, que as três leitoazinhas, suas filhas — tão bonitinhas, umas graças de meninas —, estão mais encantadas do que deveriam com o irmão, filho que ele nunca soube que era dele? Tudo por aqui virou um chiqueiro. Como vou dizer que não consigo controlar os quatro irmãos, que somem o tempo inteiro pela fazenda e já devem ter ido muito além das brincadeiras de médico? E se escapa um filho? Como vai ser a mistura desse sangue de senhores, escravos e leitões?

Nossa! Esse pururuca do almoço está delicioso, todos vão gostar. O patrãozinho vai dormir a tarde inteira, mas não vai deixar de bater ponto na minha cama de madrugada, como sempre faz enquanto a mulher dorme. Então vai ser o momento certo; vou dividir com ele minhas aflições antes que a vida nos dê um neto com uma tomada 220 no lugar do nariz.

EM PLENO DIA SE MORRE

Numa praia quase deserta, depois de acordar com a cantoria de pássaros que invadiu meus últimos sonhos da madrugada, eu lia um livro sobre o ritual *seppuku* — cerimônia de suicídio de samurais, também conhecida como haraquiri. O vento trouxe a conversa de um casal:
— Você é uma mulher especial, sempre me atrai.
— Você é casado, cara. Vê se me esquece. Não estou atrás dos raros momentos de alguém casado.
— Fernando Sabino dizia: O valor das coisas não está no tempo que elas duram, mas na intensidade com que acontecem. Por isso, existem momentos inesquecíveis, coisas inexplicáveis e pessoas incomparáveis.
— Olha — disse a mulher rispidamente —, não vou perder o meu tempo com você; não perca o seu comigo.
O homem foi buscar uma caipirinha numa barraca que ainda estavam montando. Em minutos ele retornou e insistiu:
— Stendhal dizia que o amor é uma flor delicada, mas é preciso ter a coragem de ir colhê-la à beira de um precipício...
— Putz, quanta chateação para uma única manhã...
O homem ficou constrangido. A mulher fez uma careta e disse tudo com um olhar. Ele pensou em perguntar algo, mas deve ter lembrado de Mário Quintana: Quem não compreende um olhar, tampouco compreenderá uma longa explicação.
A mulher se levantou devagar. Ajeitou a alça do biquíni, desfilou até a pequena enseada, atirou-se na água — um espelho

salpicado de faíscas do sol — e nadou até juntar-se a uma tartaruga que veio do mar aberto. As duas passaram a deslizar em sincronia pelas águas calmas, lembrando os balés aquáticos de Esther Williams, dos antigos musicais de Hollywood.

Se aquele homem conhecesse as regras samurais — ocorreu-me —, cometeria discretamente o *seppuku*. Depois do fiasco, não haveria nada mais digno do que avançar para a eternidade carregando consigo, como última lembrança da vida terrena, aquela sublime visão da mulher em sincronia com uma simples tartaruga marinha. Não sou casado — pensei — valeria tentar uma abordagem? Se tudo der errado, o fato de não ser casado talvez me dispense de cometer o seppuku para manter a dignidade.

Retomei a leitura do livro, pensativo. Para os japoneses, a tartaruga é um dos símbolos da imortalidade; quanto aos samurais, acreditam que é preciso morrer para atingir a imortalidade. *Seppuku*? Haraquiri? Contaminado pelas citações do sujeito, recordei Guimarães Rosa: A morte é para os que morrem; e Clarice Lispector: A vida não é de se brincar porque em pleno dia se morre. Olhei para o céu e para as nuvens acima da mata, para as pedras da costeira, para a areia branca da praia e as águas tranquilas da enseada... Fechei o livro, me enchi de coragem e marchei decidido na direção da mulher e da tartaruga.

MIX

Um cão me observa na porta de um botequim de Louveira. Dou-lhe um pedaço de pernil, lembrando vínculos ancestrais de quando o lobo se aproximou do homem atrás de restos de comida e ambos se transformaram na dupla de caçadores mais temível da face da Terra.

Lembro, também, que tive uma boxer malhada, cujo afeto envolveu toda a minha família: passados mais de quarenta anos, Clarice ainda é lembrada com frequência.

Tempos depois, em setembro de 2001, ganhamos uma grande mestiça, dourada, máscara negra, com uma aparência aterradora de cão feroz, mas com olhos saídos de alguma colmeia — tal a intensidade da cor e da doçura. Capaz de sentir o estado de espírito das pessoas, ela sabia compartilhar alegrias e tristezas com seu jeito suave, além da movimentação quente e afetuosa. Numa alusão à sua mistura racial — boxer, labrador e rottweiler —, ela foi batizada com o nome de Mix.

Em 2012, estava envelhecida e doente, próxima da morte. Apesar de preocupado, eu tinha de vir para São Paulo. Levei-lhe os biscoitos que sempre foram a tentação de sua vida, mas ela nem sequer tocou neles, limitando-se a me examinar de alto a baixo. Embora eu só tenha compreendido mais tarde, seu olhar dizia "Não me deixe sozinha"...

Minha cachorra morreu durante a noite. Pelo que deixei de fazer por ela, fiquei para sempre com uma dívida. Mix era bem mais humana do que eu; tenho certeza de que não me abandonaria.

O cão de olhos castanho-claros que me observa também é uma mistura de raças, embora desconhecidas. Não é nada bonito. É peludo, fedorento, e puxa uma perna atrofiada por causa de algum acidente. Atropelado? Dou-lhe outro pedaço de pernil, afago sua cabeça, pago a conta e saio do botequim:

— Vem, Atropelado. Tenho um belo pedaço de alcatra em minha casa.

GUARDA DE TRÂNSITO

No largo da Batata, na esquina em que morre a rua Cardeal Arcoverde, o ancião — maestro na execução duma sinfonia — organiza todo o tráfego problemático do cruzamento. Mesmo não usando apito, uniforme, quepe ou capacete, há muito ele tomou para si a incumbência de guarda de trânsito daquela área. Quem anda pelas imediações se admira ao vê-lo trabalhando todos os dias, mesmo com os quase 90 anos que aparenta.

Usa roupas limpas e bem cuidadas, apesar dos remendos. O tênis velho está igualmente limpo, amarrado com um laço bem estruturado; a bainha da calça dobrada com cuidado, os cabelos ralos cortados à escovinha, a barba bem escanhoada. Não é um velhinho desamparado, perdido no mundo. Alguém mais jovem deve cuidar dele — uma irmã ou uma companheira, filha, sobrinha, neta...

A cada movimento de mãos e braços chamando os carros para que avancem ou indicando que parem, o velho demonstra uma preocupação zelosa. Age como os guardas de trânsito de um tempo antigo em que usavam apitos e tinham o mesmo poder dos juízes de futebol.

Num país em que ninguém leva nada a sério, é curioso o comportamento compenetrado daquele senhor, que há anos atua no cruzamento. Nem mesmo com o dia chuvoso ele falta ao trabalho. Com energia, nessas oportunidades ele se apresenta sempre com um guarda-chuva, calçando galochas antigas, que não se fabricam mais.

Certo dia, passa em alta velocidade um automóvel cheio de jovens alegres e barulhentos, que gritam algo e desaparecem às gargalhadas, depois de jogar no meio da avenida um pequeno objeto. O velho fica alucinado quando percebe do que se trata.

O sinal abre, os automóveis avançam, mas ele, que sempre foi tão cuidadoso, salta destemido à frente dos carros para alcançar o objeto atirado pelos rapazes. Brecadas aqui e ali, pneus fritando no asfalto, rebuliço no trânsito do final da tarde. Com o objeto em suas mãos, ele se ajoelha em plena avenida, sem se mostrar incomodado com o buzinaço e a gritaria.

No meio do cruzamento, parece chorar. Olha para cima e levanta os braços aos céus, agradecendo. Um sorriso desdentado, nunca visto antes, alegra seu rosto; paira sobre ele uma névoa invisível de emoção. Todos os que circulam por ali, acostumados a vê-lo em uma postura séria, ficam surpresos quando ele começa a correr pela avenida, saltitante, poderoso como um jovem atleta, assoprando, enlouquecido, o apito jogado pelos rapazes.

PARA QUE
ALGUÉM VEJA

Ali solitário, borrava de verde-escuro o azul luminoso de julho. Nossos cavalos estancaram de repente, parecendo chocados com a beleza e o tamanho dele: dez homens conseguiriam abraçar seu caule?
— Um jequitibá — explicou meu pai.
— Que lindo... Vamos plantar alguns no sítio?
— Ah, filho... Esquece... Essas árvores demoram quarenta anos para ficar adultas.

———

Passaram-se quarenta anos. Eu ia construir uma casa de campo e separei no sítio de meu pai uma faixa de terra que ficava numa pastagem, sem árvores. Saí para comprar mudas de espécies nativas da região. Na loja de mudas e sementes, pedi a opinião do avô do dono, um senhor de mais de 90 anos, ainda aparentando saúde e disposição. Ele se apoiou no cabo da enxada, cuspiu em cada uma das palmas, esfregou as mãos e disse, pensativo, com o olhar se estendendo como passadeira na direção do horizonte:
— Leva um jequitibá, seu moço. Num tem buniteza maió.
— Nossa... Um jequitibá demora mais de quarenta anos para crescer. Estarei vivo quando tiver um tamanho razoável?
— Arguém vai vê...
Se meu pai, quarenta anos antes, tivesse ouvido esse argumento tão singelo, teria plantado alguns jequitibás no sítio que agora ocupo? Enquanto eu divagava, o velhinho arrematou:

— Pois é, seu moço. Óia a roça que prantei outro dia... — Apontou na direção de um pequeno milharal. — Prantei sem sabê se ia tê tempo di vê ela grande. Quem pódi sabê? Prânta o jequitibá, seu moço. Arguém vai vê.

Plantei os quatro exemplares que hoje despontam acima de um bosque já formado. Eles estão com cerca de 25 anos, faltando 15 para os 40. É muito tempo, mas posso morrer tranquilo. Arguém vai vê.

REMORSO

A expressão do homem atrás das grades era de uma tristeza tão profunda que me arrepiou inteiro. Perguntei ao meu pai o que significava a palavra na parte superior da capa, e ele leu o título do livro:
— *Remorso.*
— O que é remorso?
— Ah, filho, como explico? Hum... Outro dia você se arrependeu, ficou chateado por ter batido num menino menorzinho, que só queria ser seu amigo, não foi?
— Foi.
— No filme da semana passada, quando mataram a mãe do Bambi, você quase não conseguiu parar de chorar, lembra?
— Lembro.
— Junte esses dois momentos e vai ter um caso grave de remorso: um arrependimento fortíssimo, que provoca uma dor e uma tristeza tão grandes que é como perder a mãe da gente. É um arrependimento que dói e não adianta querer fugir; é uma ferida que não cura, uma dor que machuca para sempre.
— Para sempre?
Fiquei impressionado, e isso não passou despercebido a meu pai.

Numa manhã chuvosa na fazenda, resolvi colocar ovos acima de mourões de cercas, de muretas e de muros, pois essa, segundo minha babá portuguesa, seria a mais eficiente simpatia para melhorar o tempo e afastar as nuvens da frente do sol. Entrei na cozinha, roubei duas dúzias de ovos, mas tive um acidente ao correr para o jardim. Todos os ovos se quebraram, transformando o piso da sala principal numa meleca de cascas, claras e gemas. Tentei limpar, mas só aumentei a bagunça e a sujeira. Vendo que não conseguia resolver a situação, larguei toda aquela gosma espalhada pelo piso de tábuas largas e fugi assustado, sem contar para ninguém.

Mais tarde, meu pai e meus tios queriam saber quem teria sido o autor da desordem. Fomos interrogados, mas, como ninguém entre meus irmãos e primos assumiu a autoria, os adultos resolveram dar um castigo geral. Desconfiado, meu pai me chamou num canto:

— Foi você?

— Não. Não fui eu.

— Todos serão castigados por causa de alguém que está mentindo. Se for você, terá remorso. Vai ficar que nem aquele homem da capa do livro, com uma dor profunda, para sempre.

— Para sempre?

— Sim, você não vai conseguir parar de chorar de tanta tristeza. Vai dormir com remorso todas as noites até o fim da vida.

Confessei o crime, e meu pai descobriu, sem querer, um trunfo para evitar que eu mentisse. Meu medo virou uma gozação. Bastava que me lembrasse da possibilidade de sentir remorso que a verdade vinha à tona. Na natureza, porém, tudo se transforma; chegou o dia em que eu sustentaria uma mentira com sucesso, concluindo que remorso, com aquela intensidade cogitada pelo meu pai, talvez não existisse.

Mente quem diz que repetiria tudo se tivesse que recomeçar a vida. Cometi muitos erros e optaria por nunca repeti-los. Um desses erros mostraria que existe, sim, o tipo de remorso idealizado por meu pai.

Lembro que eu tinha 15 ou 16 anos, e o cavalo que montava havia empacado teimosamente numa pastagem, tornando impossível fazê-lo avançar. Desci da sela e tentava arrastá-lo pela cabeçada, dava chicotadas em sua garupa, no seu lombo, na sua barriga, mas ele não obedecia. A raiva começou a tomar conta de mim e passei a bater descontrolado no animal. Fui dar-lhe uma chicotada na cara, mas o chicote pegou no olho esquerdo do pobre cavalo, que deitou no chão com um bufo e esperneou de dor. Eu me arrependi imediatamente, mas o mal já estava feito. O cavalo sobreviveu à dor intensa, cego daquele olho para sempre.

Quanto a mim, depois de tantas décadas, posso dizer que aprendi com esse incidente, entre outros, o que é sentir remorso. Até o fim da vida a lembrança do que fiz com aquele cavalo me machucará, e viverei com a sensação de uma intensa ferida. Sim, uma ferida como aquela que desfigurava a expressão do homem da capa do livro, o homem atrás das grades.

BRANCA DE LEITE

As relações entre pais e filhos podem envolver questões tão complexas que, embora gritem desesperadamente, podem passar uma vida sem produzir um único som.

Branca cresceu enclausurada em uma fazenda do meio rural paulista, distante de tudo que pudesse afetar a pureza luminosa que inspirara seu nome. Em pequena, sua ocupação solitária era com o cultivo de flores e a criação de animais; na adolescência, deram-lhe a companhia de sete leitões e a apelidaram de Branca de Leite, numa alusão à cor de sua pele, aos novos companheiros e ao desenho animado de Walt Disney.

Certo dia, seus pais lhe disseram, entusiasmados, que aguardavam a vinda de homens muito poderosos e influentes da cidade grande, uma chance de progresso e prosperidade para todos da região. Branca de Leite deveria tratar as visitas com todo o cuidado e desvelo.

Os primeiros visitantes ficaram em êxtase com a recepção, a beleza do lugar e o sabor da comida. Assim, a fazenda foi incluída num roteiro obrigatório de hospedagem para os fins de semana dos homens importantes, e a vida sossegada de Branca de Leite acabou. Em compensação, seus pais, já mais velhos, passaram a viver felizes e satisfeitos, esfregando as mãos com os lucros contabilizados e as promessas milionárias quanto à possibilidade de eventos e grandes convenções no local.

A menina assistiu ao desaparecimento de suas flores e à dizimação de suas criações de aves e ovelhas. Quando percebeu que seus leitões eram cobiçados com apetite, cobrou dos pais uma posição enérgica. Entretanto, por não poderem dispensar as quantias que recebiam todas as semanas e por acreditarem nos compromissos daqueles homens tão importantes, eles nada fizeram e ela se conformou.

Logo chegou o dia em que o primeiro de seus leitões, o Dengoso, foi servido à pururuca com uma maçã na boca. Branca de Leite chorou muito, mas absorveu a perda, resignando-se aos fatos. Quanto à freguesia, gostou tanto do leitão que na semana seguinte escolheu o Mestre para compor o ensopado de uma receita húngara, sugestão de um intelectual que acompanhava o grupo.

Dunga, Zangado, Atchim, Feliz e o sétimo leitão, Soneca, foram devorados em seguida. Então os homens importantes se voltaram para a última atração que havia sobrado na fazenda. Não houve discussões, protestos ou gritos. Branca não reagiu. Depois desse dia, ela nunca mais olhou nos olhos de seus pais, que também não voltaram a olhar nos olhos dela.

O RETRATO DA VOVÓ ZARCÃO

Quando Jovino e Rosa Predileta Zarcão foram atingidos por um raio, seus doze filhos se uniram enternecidos em volta dos caixões, sem imaginar a desunião que logo se instalaria entre eles.

A construção bandeirante da casa-grande da fazenda da família tinha um valor muito superior às terras que a cercavam, de modo que não havia possibilidade de uma divisão cômoda do imóvel. E assim, como ninguém abria mão da casa-grande, iniciaram-se as disputas do inventário.

Oito anos se passaram até o dia em que o magistrado da comarca marcou uma audiência. Os irmãos se engalfinharam em bate-bocas intermináveis, mas um deles se mostrou bastante razoável — o filho caçula, Onofre Zarcão, que assim discursou:

— Manos e manas, sempre nos demos tão bem... A fazenda é o nosso lugar sagrado. Crescemos com as árvores mais novas, à sombra das mais antigas, muitas delas do tempo de nosso bisavô e mesmo do pai dele. Mas não adianta ficarmos como galinhas na disputa por um pedaço de pão. Eu renuncio à minha parte em troca do retrato da vovó Zarcão, guardado no porão da casa.

Todos na sala de audiência, irmãos, cônjuges, advogados, escreventes e até o próprio juiz, começaram a murmurar, silenciando quando Valdomiro Zarcão, o irmão mais velho, se manifestou:

— Você quer dizer, Onofre, que concorda em receber, em troco de sua parte, o retrato da vovó Zarcão vestida de noiva no dia do casamento, aquele lixo todo carcomido pelos cupins?

— Sim. De uns anos para cá, nossa fazenda só tem trazido tristezas e aborrecimentos. Precisamos reformular nossos valores. Um imóvel não pode valer tanta discórdia, prefiro receber só o retrato.

Os irmãos toparam o acordo, o juiz homologou por sentença e o caçula saiu feliz, repetindo o clichê: *melhor um mau acordo do que uma boa demanda*. Seus onze irmãos que prosseguissem na confusão; quanto a ele, Onofre, estava livre do problema; poderia voltar a se entender com todos.

Dois meses depois, os jornais noticiaram:

Descoberto um retrato da lente de Cartier-Bresson colorido pela mão de Candido Portinari. Herdada pelo filho caçula da família Zarcão, a obra reproduz sua avó no dia do casamento, na década de 1930. Obteve na Europa uma oferta em euros equivalente a R$ 20 milhões. Os meios artísticos de Londres e Paris não se cansam de elogiar o sedutor trabalho a quatro mãos do fotógrafo francês e do grande pintor brasileiro.

Sentindo-se enganados, os irmãos logo acionaram o Judiciário contra Onofre, impedindo a venda do quadro e requerendo a anulação do acordo devido à má-fé do caçula, que certamente sabia do valor correto do bem.

O juiz da comarca reuniu a família e concluiu um novo acordo. Onofre concordou em ficar com a fazenda em troca da devolução do retrato, embora o preço deste fosse quase cinco vezes superior ao valor da casa-grande e das terras no entorno. Todos festejaram contentes, saindo do fórum aos abraços e beijos, como não faziam havia uma década. Finalmente terminavam as demandas. O retrato de vovó Zarcão seria vendido e o dinheiro seria dividido entre todos, exceto Onofre, o caçula, que assumiria feliz a propriedade exclusiva da fazenda da família.

Na semana seguinte, chegou uma carta do avaliador europeu. O retrato não era, como ele concluíra nos primeiros exames, uma obra conjunta dos dois famosos artistas, Cartier-Bresson e Portinari. O quadro em questão não tinha nenhum valor monetário, e a oferta de compra havia sido retirada. A carta terminava com um pedido de desculpas: *Pardon, messieurs, je suis vraiment désolé* — "Perdão, senhores, estou realmente desolado".

Houve muita choradeira, mas nenhuma briga. Onofre concordou em desfazer o negócio, recebendo de volta o retrato da vovó Zarcão, mas estabelecendo uma premissa:

— Manos, não pretendo simplesmente devolver a fazenda. Se o fizer, vocês continuarão se envolvendo em brigas, e esse pedaço de terra continuará sendo o pivô das disputas de vocês. Vou me encarregar de vendê-la, dividindo o dinheiro entre todos nós, os doze filhos de Jovino e Rosa Zarcão.

Os irmãos concordaram aliviados, e a união familiar teria sido preservada se o pobre Onofre não tivesse sofrido um enfarte fulminante antes da venda da fazenda e da divisão do dinheiro. Todos foram questionar a viúva, de quem escutaram:

— Vocês quiseram a fazenda, e o Onofre concordou em ceder sua parte em troca do retrato. Quiseram o retrato de volta, e o Onofre concordou em trocá-lo pela fazenda. Depois, quiseram devolver o retrato, e o Onofre concordou em recebê-lo contra a venda da fazenda e a divisão do dinheiro, não foi?

— Sim, o retrato não vale nada, queremos o dinheiro da fazenda.

— Acontece que não sou o Onofre. Levem embora o retrato e não voltem nunca mais. Todos para fora desta casa. Sumam-se!

CINCO

Quando balas de fuzil assobiam sobre sua cabeça e granadas explodem por todos os lados, a percepção de seus cinco sentidos se une, podendo paralisá-lo por completo ou impulsioná-lo com um poder extraordinário, quase divino. Quem nunca ouviu histórias de pessoas que, em situações de perigo iminente, adquiriram força, destreza e agilidade que jamais teriam revelado em condições normais?

Esta é a sua última noite junto às guerrilhas da Colômbia, na divisa com a Amazônia brasileira. São onze horas da noite e você caminha cauteloso pela mata, pronto para atirar em qualquer coisa que se movimente. No ar, detecta o som distante de metralhadoras, fuzis, explosões e gritos humanos. Ouve também o crepitar do fogo e sente o cheiro da carne dos companheiros cremados pelos inimigos nas redondezas. O farfalhar de seus passos o engana a todo momento, enquanto suas orelhas parecem se mexer como as de uma corça na pesquisa de ruídos suspeitos. Um cavalo galopa em seu peito, suas mãos sacodem em tremores espasmódicos, suas pernas mal aguentam o peso de seu corpo. A noite enluarada, escondida pela fumaça das fogueiras e dos focos de incêndio em vários pontos da mata, faz com que você aperte os olhos para tentar enxergar possíveis inimigos nas sombras noturnas.

Você está exausto, quer desistir de tudo, cogita pôr um fim a si próprio. Seu estômago faminto ruge como um animal ferido, mas você avança, trôpego, só pensando em fugir para algum lugar, nem que seja para o nada. Um homem grita ao longe; pode estar ferido, pode estar sendo torturado; você sente toda a dor que é dele, além da sua própria. Chora silencioso, percebe que vai soluçar como uma criança medrosa, mas algo chama sua atenção. Um corpo largado no caminho... Um inimigo? Aproxima-se, apalpa e sente nas mãos o calor da vida, a suavidade da pele e a maciez de uma mulher. Olha o rosto da moça e se encanta; vê o ferimento na testa: *Guardará para sempre uma cicatriz?* Vasculha a mochila da desconhecida até sentir nos dedos a textura de uma fruta. Uma banana madura? Água na boca, não pensa em mais nada. Tira a casca apressado e começa a devorar a polpa. Está em delírio enquanto mastiga, sem respirar, anestesiado pelo sabor adocicado e pelo prazer do alimento ao descer pela garganta.

Sente forças inesperadas. Precisa se salvar, precisa salvar a moça. Carrega-a nas costas, é pesada, mas nada fará com que a abandone. Volta a caminhar na escuridão, guiado pela lua que desponta atrás da fumaça e da copa das árvores. Vai tropeçando, sente-se forte, o suor escorre, a roupa colada no corpo. Não são apenas os sons da artilharia que o guiam, mas também os odores da floresta, a visão dos clarões, o som dos gritos longínquos, a suavidade do corpo que carrega e o gosto do alimento devorado.

Seus sentidos agem como os cinco dedos de uma mão gigantesca, a mão de um deus. O corpo dói, os músculos estão dilacerados e você enfraquecido, mas caminha resoluto durante toda a madrugada. Encontra um dos acampamentos de seus companheiros. A moça está desmaiada, vários de seu grupo a socorrem. Você esquece os tiros, as explosões e os gritos de dor; abocanha um prato de feijão cozido, despenca no primeiro colchão que encontra. E sonha com os bandos de andorinhas que invadiam os verões da sua cidade natal.

Décadas se passam. Você agora está diante de toda a família que formou. Olha para sua mulher, vê a cicatriz na testa e sorri. *Essa marca sempre se destacará sedutora no rosto de minha guerreira.* É Natal. Você observa seus três filhos, as noras, oito netos e dois bisnetos pequeninos reunidos. Envolvido pela lembrança das guerrilhas de sessenta anos antes, você refaz as perguntas que o assaltam desde então: *O que salvou a mim, minha futura esposa e toda a nossa descendência naquela noite? O que teria me impulsionado ao futuro com tanta força? Eu estava quase morrendo, quase entregando os pontos, mas consegui nos salvar. Como isso foi possível?*

Lembra o sabor da banana, voa em devaneio para outro tempo, outro lugar; retorna ao imaginar que pode haver na cozinha uma fruta igual à sua espera. Tenta se levantar da poltrona. Fica paralisado quando vê na revista aberta em seu colo a foto de uma mão masculina aberta, cinco dedos poderosos. *Meus cinco sentidos foram a salvação.*

Com um sorriso, você pega sua bengala, levanta com dificuldade, vai em direção à cozinha, não consegue chegar à metade do caminho. Despenca na sala, desmaiado. Todos correm para ajudá-lo, sem se darem conta de que você é jovem outra vez e sonha que está devorando uma banana com a mesma sofreguidão de sessenta anos antes.

GANHAR TRÊS VEZES MAIS

Numa sexta-feira, eu ia atravessar a avenida Rebouças em direção à rua dos Pinheiros quando o sinal fechou e parei ao lado de Tenório, mendigo sessentão e desajeitado em duas muletas junto à calçada. Dei-lhe R$ 2, pensei em comentar sobre a alegria da passarada em contraposição à paralisia do trânsito, mas preferi perguntar:

— E a cadeira de rodas? O que aconteceu?

— Xi... quebrou... Foram cem reais pra consertá. Ganho no máximo quinze por dia, mal dá pra comê.

Cem reais não era uma quantia para dar de esmola, mas surpreendi Tenório com uma única nota.

— Está aqui, meu amigo; vai logo ajeitar sua cadeira.

Duas semanas depois, o mendigo comentava:

— Aquela cadera não teve jeito, percisô i pro lixo. Ocê num tem arguma usada pra mim? Di muleta num dá pra trabaiá. Muito sacriffício...

Doeu ver a dificuldade que o mendigo tinha para andar, sempre devagar, aparentando dor física e muito esforço, desequilibrando-se a cada passo. Corri para uma loja da Vila Mariana e comprei de rompante uma cadeira de rodas. Tenório virou criança quando a viu, zero quilômetro. Na semana seguinte, porém, ele estava novamente em suas muletas.

— E a cadeira, rapaz?

— Muito alta, dava medo de cair dela. Vendi por duzentos reais.

— Como assim? Por que não devolveu para que eu a trocasse? Paguei setecentos reais por aquela cadeira.

— Xi! Nem pensei. E agora? Por Deus — disse choroso —, consegue outra pra mim; num guento mais estas muletas...

Não levá-lo antes para experimentar a cadeira havia sido um erro, e eu tinha de pagar por isso. Na terça-feira seguinte, pus Tenório em meu carro e fomos visitar diversas lojas. Ele acabou aprovando uma cadeira que me custou R$ 1.800 parcelados no cartão de crédito. Ver o olhar de alegria do mendigo valeu todo o dinheiro. Entretanto, vinte dias depois...

— De novo com as muletas? Não é possível, cara. Onde foi parar a cadeira nova?

— Ih! Percisei vendê. Quinhentos reais à vista, não tive como enjeitar.

— O quê? Eu paguei mil e oitocentos por ela.

— Mas foi a prazo, num foi? Vendi à vista. Nota em cima de nota.

Demorei a passar novamente pelo ponto do mendigo. Vários meses depois, eu o reencontrei com suas muletas na rua Capitão Antônio Rosa, esquina com a avenida Rebouças. Perguntei como quem não quer nada:

— E aí, cara? Você não pensou mais em uma cadeira de rodas?

Esquecido do que acontecera, Tenório respondeu na maior inocência:

— Tenho uma das boas em casa, mas só uso di domingo. Já tentei usá pra trabaiá, num dá certo. O povo num tem piedade de quem tá confortavi. O povo qué vê sufrimento, qué vê o sujeito padecendo. C'as muleta ganho treis veis mais. Cadera de roda só pra passiá di domingo, num serve pra trabaiá.

Comentei essa história com um amigo, que disse:

— Você deu para o infeliz uma ajuda financeira importante e, de quebra, auxiliou os pobres coitados que adquiriram a bom preço as cadeiras de rodas doadas ao espertalhão. No fim, o dinheiro foi bem empregado: ajudou três aleijados. O capeta vai lembrar, e, quando você morrer, haverá de ser recompensado com menos azeite na fervura do caldeirão do inferno.

NO LOMBO
DO DRAGÃO

Entrei tropeçando em busca do cabresto e do freio, abri o armário, comecei a revirar tudo às pressas. O comprador veio de longe pra examinar o animal, e não posso adiar essa venda.
— Que barulheira é essa aí dentro, Domício? Tá querendo destruir tudo?
— Cadê a cabeçada e o freio do Dragão? — perguntei, irritado.

É lógico que o Vicente não sabe. Pra mostrar o bicho, vou ter que montar sem freio, sem cabeçada, sem nada, como nos tempos do velho Aborrecido. Éramos um centauro: corpo de cavalo velho, tronco e cabeça de menino novo. Às vezes surgiam problemas, como aquele tombo na estrada da colônia... Na disparada, escorreguei pelo pescoço do animal, fui rolar nos pedregulhos que explodiam entre seus cascos. Até hoje vejo o barrigão branco do Aborrecido num salto por cima de mim. Parou aflito na mesma hora, as narinas farejantes, o olhar de interrogação.
— Você está bem, filho? — pareceu perguntar. E eu, entre lágrimas de dor, ainda tentei esboçar um sorriso de agradecimento. Pelo carinho e pela atenção.

— Domício! O Dragão tá enlouquecido! Num tô aguentando segurá o bicho só com a cordinha...

— Espera! Tá uma bagunça danada no armário, não consigo achar a maldita cabeçada.

Putz, o Dragão não é o Aborrecido... Que saudade da minha velha montaria. Incrível. A gente cresce, amadurece, envelhece, mas a infância não some. Doeu aquele primeiro tombo, saí todo ralado, mas valeu a lição: *Caiu? Levanta e monta de novo.*

— Opa, tá aqui o diabo da cabeçada. — Corri pra fora do quartinho das selas e fiquei lidando com o Vicente pra ajustar o freio no Dragão. Que bicho furioso... Tentava morder, escoicear e empinar, conosco no papel de carrapatos. De um salto, montei no lombo suado do cavalo, segurei forte a crina e aguentei o primeiro corcoveio. Foi o tempo de um suspiro pra eu me esparramar na terra batida. Não contente, o Dragão veio sapatear em cima de mim, cascos afiados, dentes arreganhados, orelhas para trás... Cãozinho assustado, vazei pelo vão da cerca. Levantei do outro lado, tirei a poeira do corpo e olhei o cavalo aos pinotes e relinchos, faíscas espirrando dos olhos, labaredas pelas ventas.

— Sim, senhor — comentei com Vicente. — Dizem que todos os homens são iguais, mas cavalo é que nem mulher: não tem nenhum igual a outro. Quanta saudade do Aborrecido...

O TÚMULO DA FAMÍLIA

— Sua mãe queria ser cremada, Marcela.
— Estou cansada de saber disso, mas faço questão de enterrá-la ao lado de meu pai. O que acha daquele? — Apontou para um caixão negro com detalhes dourados, parecendo a Lotus John Player Special com que Emerson Fittipaldi foi campeão de Fórmula 1, lá num passado distante.
— Você sabe o quanto dona Toniquinha sofreu ao lado de seu pai — prossegui. — Nunca foram unidos em vida, vai querer uni-los na morte? É alguma vingança especial?
— A mãe é minha, e eu decido o que fazer com ela. — Virando-se para o rapaz da funerária, disse: — Desculpe o meu marido. Quero aquele caixão preto com alças e detalhes dourados. Por favor, quanto custa?
Olhei para o John Player Special, fechei os olhos e tive uma visão da madeira ardendo em brasas sensuais, luzes tremeluzentes na penumbra do forno crematório. Imaginei o abraço das chamas sobre o cadáver gordinho da dona Toniquinha... E pensei naquela leitoa virando churrasco no crematório. Mas acho que Marcela tem razão. A velha lado a lado com meu sogro, seu Getúlio. Será que essa ideia é tão ruim? Em vez de assar como uma leitoa, a velha provará um castigo bem mais eficiente.
— Marcela, você está certa. Sua mãe deve mesmo ir para o túmulo da família, junto ao seu Getúlio. Só por curiosidade, se você morrer antes de mim, o que devo fazer com o seu corpo?

Você enfrentaria a eternidade naquele túmulo, com seu pai e sua mãe juntos? Já pensou que coisa mais horrorosa?

Marcela me lançou um olhar duro e engoli em seco. De repente, senti uma dor no peito, caí. Ouvi o som de uma ambulância. Homens e mulheres de branco, a maca correndo pelo pronto-socorro, choques no peito, as luzes da mesa de cirurgia, silêncio absoluto...

Não me recordo de mais nada, exceto o carro fúnebre, as orações na capela e as duas Lotus John Player Special, lado a lado, nas ruas do Cemitério da Consolação, seguindo vagarosas e solenes para o túmulo da família.

— Será que um dia Marcela virá se encontrar conosco? — pergunto sempre a seu Getúlio e dona Toniquinha.

DOS SONHOS AOS PESADELOS, NADA DEU CERTO

O sono quis nos derrubar, mas não o fez. Nossas bocas se encontraram, nossos corpos se abraçaram e eu disse para Luísa:
— Não serei feliz sem você, venha logo morar comigo.
— E tua mulher? Teus filhos pequenos?
— Minha mulher e eu ainda moramos na mesma casa, mas estamos separados há tempos. Quanto aos meus filhos, vão adorar você.

Uma semana depois, sobrevoávamos São Paulo; Luísa de mudança.
— Nossa, Xavier, parece a maquete de um outro mundo. Nunca pensei que São Paulo pudesse ser tão grande.
— Pois é, Luísa, no começo era uma vila paupérrima. Toda a riqueza estava no Nordeste, principalmente em Pernambuco, sua terra. Depois, tudo se inverteu. Aqui os governos não atrapalharam *tanto*.

Fomos para um pequeno hotel. Combinei de levar Luísa para conhecer o Pátio do Colégio, a Catedral da Sé, o parque do Ibirapuera e o Simba Safári, um zoológico privado que não existe mais. Eu a levaria, também, para ver a beleza das praias do litoral norte. Tudo bem planejado, mas eu não contava com a fúria de minha ex-mulher.

No final da tarde seguinte, fui ver meus filhos e buscar alguns objetos pessoais. Bastou entrar em casa e Sílvia mandou as crianças para o quarto, a pretexto de ter uma conversinha comigo. E começou meu pesadelo:

— Soube que você está me traindo com uma vaca pernambucana, é verdade?

— Espera aí, Sílvia. Estamos separados...

— O quê? Dormimos na mesma cama, e você diz que estamos separados? O que você pretende, Xavier?

— Não tenho o direito de encontrar um novo amor?

— Novo amor? Seu cachorro imundo! — E passou a atirar em mim pratos, vasos, talheres, copos. Derrubou uma cristaleira, quebrando todos os cristais e vidros ali guardados; arremessou mais de trinta livros da estante; arrancou todos os pratos e quadros da parede. Só me restou fugir: bati a porta do apartamento, segurei o trinco para dar tempo à chegada do elevador e lá de fora a ouvi quebrando tudo, tudo, tudo. Gritava e chorava aos urros, um verdadeiro barraco. Corri para encontrar Luísa, que me apontou a besteira. Eu ainda morava com Sílvia, compartilhava a mesma cama. Por que não a preparara quanto ao meu novo relacionamento?

— Ora, Luísa. Ela vivia me mandando embora. Como eu ia adivinhar que ainda não estava preparada?

A campainha do quarto tocou; a polícia nos chamava ao saguão do hotel.

Fomos levados à delegacia, onde recebi voz de prisão pelo flagrante de adultério (naquele tempo era crime) e, ainda, pelas lesões corporais contra Sílvia, que, cheia de hematomas, chorava com o dedo em riste:

— Além de me seviciar e me espancar brutalmente, esse biltre destruiu todo o meu apartamento... quebrou tudo, nada ficou no lugar.

Absurdo! Depois de horas de discussões, paguei uma fiança e me livrei da prisão, apesar dos protestos da advogada de Sílvia, a famosa dra. Pâmela Corrientes, especialista em limpar os bolsos dos maridos de suas clientes. Era quase dia quando Luísa e eu fomos dormir, no começo do meu fim.

Acordamos às quatro horas da tarde com dois oficiais de Justiça que me citavam para uma ação cautelar de separação de corpos, com a proibição de me aproximar a menos de 150 metros de minha ex-mulher. Peguei o telefone:

— Como verei as crianças, Sílvia?

— Esquece, Xavier! Se depender de mim e da Justiça, você não as verá nunca mais.

Na manhã seguinte, recebi a citação para outra ação cautelar, agora para a regulamentação das visitas aos meus filhos. O problema era que o juiz me proibia de vê-los até a conclusão de estudos por psicólogos e assistentes sociais do Judiciário. A dra. Pâmela havia convencido o juiz de minha periculosidade. Eu, Xavier Augusto Pacheco, era uma espécie de monstro psicopata que colocava em risco a integridade dos meus próprios filhos. E, pela velocidade da Justiça, um micróbio daria a volta ao mundo antes da conclusão dos estudos sociais determinados pelo juízo.

A dra. Pâmela Corrientes tinha no bolso quase todos os cartórios de Justiça das Varas da Família da capital, e seus processos corriam em maratonas. Os juízes atendiam a seus pedidos rapidamente para se livrar dela o quanto antes, evitando os habituais escândalos. Pâmela era uma Caterpillar das grandes. Ainda assim, eu pensava: *No final serei vencedor; tenho a lei ao meu lado.* Comecei, porém, a ser asfixiado por dezenas de ações judiciais para travar minhas atividades, bloquear minhas contas bancárias, sequestrar minhas rendas, arrestar meus investimentos, proibir-me de administrar meus próprios negócios.

A decisão sobre os alimentos provisórios para meus filhos foi o golpe mortal. No governo Sarney, na década de 1980, nossa moeda não valia nada; só fazíamos contas em dólares norte-americanos. A pensão fixada importou em US$ 20.000 mensais! Perdi o resto da semana com profissionais especializados para traçar uma estratégia. Mas, com ações e medidas surgindo de todos os lados, um de meus advogados, o amigo de infância Sérgio Brandini, me censurou:

— Que embrulhada, Xavier. As colunas sociais mostram você em Paris, Londres, Nova York, Roma, um advogado e empresário de sucesso notório, que até publica como seus os livros de autores que só nós dois conhecemos. Há sinais de riqueza aflorando em todos os cantos por onde você passa. Como explicaremos aos juízes que tudo é só fachada para pescar clientes ricos? Eles vão acreditar que o seu iate não é seu? Que seu Mercedes é emprestado? Que sua moto BMW é de um amigo? Que não são seus os cavalos com que salta na Hípica Paulista? Porra, Xavier, você precisava ostentar tanto? E agora US$ 20.000 por mês? Você vai ter como pagar isso? Por quanto tempo?

Luísa ouvia e concordava com tudo.

Durante três meses, eu me defendi, um gladiador contra tigres no Coliseu. Mas as petições de meus advogados — interceptadas pela rede de cartorários na folha de pagamentos do escritório adversário — não chegavam aos processos sem o conhecimento de Pâmela Corrientes, que atropelava e armava os maiores pandemônios sobre os requerimentos de meus advogados.

Fui obrigado a gastar todas as minhas reservas, pagando pensões milionárias, custas processuais e honorários advocatícios estratosféricos.

Impedido de ver meus filhos e completamente sem dinheiro, logo seria decretada a minha prisão pela falta de pagamento de pensões. Tentar um acordo com Sílvia? Sem chances. Com recursos de família, ela não estava preocupada com dinheiro; seu objetivo era me ver atrás das grades. Chegou o dia em que ouvi de Sérgio Brandini:

— Suma, Xavier. Está saindo um mandado de prisão contra você. O jeito é fugir enquanto tentamos uma reviravolta. Vou sair atrás de um *Habeas corpus*, mas as possibilidades são mínimas.

Conversei com Luísa e resolvemos ir para Recife, onde ficaríamos anônimos com a ajuda de seus familiares. Achei que essa seria a única solução, mas no *check-in* em Cumbica fui algemado por três policiais. Mandei que Luísa embarcasse, pois ela não teria como sobreviver sem recursos em São Paulo.

— Logo estarei junto de você! — disse-lhe, querendo chorar. Olhei para a minha esquerda; Sílvia e a dra. Pâmela estavam às gargalhadas, cacarejando como bruxas.

Puseram-me numa cela com três beliches, dando para um grande salão, com cerca de 140 outros devedores de alimentos. Alguém me emprestou *Memórias do cárcere*, de Graciliano Ramos, além de um livro de contos, *Em pleno dia se morre*, de um autor de nome esquisito — Domenico, Dominique, Domicílio ou coisa parecida. Em um dos contos, uma velhinha se sentia mais livre dentro da prisão do que fora. Esse não era o meu caso, mas valeu refletir sobre a questão da liberdade e da falta dela.

Na primeira semana, eu acordava e ia dormir muito deprimido. Depois me adaptei um pouco (bem pouco), e os trinta dias do castigo se passaram lenta e dolorosamente, uma tristeza. As visitas dos advogados eram livres. Familiares e amigos só podiam visitar os presos aos domingos, em horários determinados, depois de longas filas. Além de me visitar três vezes por semana, Sérgio encontrou-se comigo no dia em que fui solto. Assinei uns papéis sem ler, peguei meus objetos pessoais, relógio, carteiras, documentos, e fomos para a rua na parte da tarde.

O dia estava nublado e chuvoso, mas, ao pisar fora da carceragem, as nuvens se afastaram e o sol me iluminou. Pedi a Sérgio um pouco de dinheiro, queria voltar de táxi, sozinho, para pensar um pouco. A vida é uma prisão; cada um tem seu cárcere, variando apenas o conforto. Se eu não arranjar dinheiro para as pensões futuras, volto para a jaula em condições piores que as dos chimpanzés da Água Funda, que não têm problemas de superpopulação carcerária — embora suas jaulas sejam tão fedorentas quanto as da carceragem da Freguesia do Ó onde fiquei, junto ao largo da Matriz Velha.

Subi de táxi a rua Augusta no sentido dos Jardins, atravessei a avenida Paulista e fui para o München, bar que eu frequentava desde a juventude, na esquina da alameda Santos com a Bela Cintra. Com a vida amorosa, afetiva, profissional e financeira de ponta-cabeça, só me restava tomar um porre. Como viveria sem Luísa, então no Recife? Que tristeza... Os interurbanos eram complicados e caríssimos, mal poderíamos nos falar. Eu continuava proibido de me aproximar de meus filhos, pois os laudos assistenciais e psicológicos exigidos pelo juízo não se concluíam. Hoje se fala no crime de alienação parental — quando alguém prejudica os vínculos entre os filhos e um dos pais. Naquela época, ninguém sabia o que era isso.

Quanto ao meu escritório de advocacia, viu sua clientela desaparecer e, sem condições para pagar funcionários, aluguéis e demais contas mensais, fechou as portas. Fiquei sem ter como trabalhar. Com a notícia de minha prisão correndo como galgos, quem iria procurar um advogado enrolado em seus próprios problemas? Tornei-me insolvente, amargando a bancarrota irreversível.

Fui morar na casa de minha mãe, já velhinha, com recursos financeiros limitados, e passei a viver por uns tempos de favores de parentes e amigos, que foram me abandonando paulatinamente. Dizem que as pessoas próximas se afastam quando estamos em dificuldades, mas a verdade é que todos enfrentam suas próprias dificuldades e não podem se ocupar de sujeitos fracassados e depressivos. E não há quem possa, tampouco, ficar emprestando dinheiro a fundo perdido. Até mesmo aqueles amigos mais ricos acabam fechando as saídas de dinheiro, sentindo-se explorados.

Quatro meses depois de minha soltura, sem condições financeiras para pôr o pé fora de casa, recebi novamente um oficial de justiça com uma intimação para pagar (em três dias, sob pena de prisão) outra quantia milionária. Liguei para o Sérgio e ele me disse:

— Pois é, conseguimos diminuir a pensão definitiva para US$ 10.000 mensais, mas se você não pagar pelo menos as três últimas pensões, vai voltar para a cadeia.

— São trinta mil dólares! Como vou inventar essa quantia? Roubando?

— Não há o que fazer, Xavier. Coisa julgada. E os devedores inventam tantas que os juízes não têm dó. Mandam pra cadeia, sabendo que, com a faca no peito, o dinheiro aparece. Em noventa por cento dos casos, os caras pagam.

— Lógico! Se um bandido põe um fuzil na sua cara ou te sequestra um filho, você arranja dinheiro, não arranja? Mas já estou devendo dinheiro para todo mundo; para os bancos, os amigos, os parentes e até para a faxineira da minha mãe. Ninguém vai me emprestar um tostão.

É sabido que nenhum criminoso é condenado à prisão quando existe alguma dúvida quanto à sua culpa: *in dubio pro reo*. Mas, como os devedores de alimentos não têm essa colher de chá, logo saiu um novo mandado para a minha prisão. Impetramos vários *Habeas corpus*, tanto no STJ como no STF; nossos argumentos de defesa, porém, foram sumariamente ignorados; em 98 por cento das ocorrências, esses tribunais julgam "nas coxas", tomando decisões em massa. Afastado de todas as pessoas que eu amava e abandonado por parentes e amigos, exceto Sérgio, meu advogado, só me restou uma atitude extrema para aquela situação. E então pus em prática meu derradeiro plano de liberdade.

Instalei-me em um hotelzinho nas imediações da Paulista e fiquei me preparando espiritualmente. Foragido, sem dinheiro, permaneci entocado, um urso em estado de hibernação. *Não voltarei para aquela carceragem nojenta*, pensava. *Não aceito viver pior que um morador de rua*. Os devedores de alimentos não costumam ficar misturados com os presos comuns, bandidos e assassinos, mas são, em sua imensa maioria, uma gente infeliz, abaixo da linha da pobreza, que não tem a mínima afinidade com alguém como eu, acostumado a tomar banho todos os dias e a dormir em cama limpa. Passar de novo por aquilo? Não, de jeito nenhum.

Muitos disseram que fui um fraco, um covarde, mas, naqueles momentos, eu acreditava estar agindo como um verdadeiro mártir da liberdade. Ninguém suporta injustiça. Quando vemos acontecer com alguém, ficamos emocionados e revoltados, não ficamos? Imagine quando acontece conosco... Então, eu era mesmo um herói, uma espécie de Tiradentes enforcado e esquartejado pela liberdade.

No dia seguinte, os jornais estamparam as fotos de meu corpo estendido no quarto de hotel e as paredes pichadas até o teto com minha frase de despedida — *Libertas quae sera tamen* ("Liberdade, ainda que tardia"). Ao lado das fotos, publicaram um longo texto no qual eu criticava todo o sistema jurídico em vigor, denunciando as injustiças que sofri, com o Judiciário me coagindo a fazer o impossível. Além da manifestação de vários especialistas em direito de família, o fato deu margem a matérias e reportagens importantes. Logo foi esquecido, porém, como já era de se esperar.

Se alguém pensou que eu tinha morrido, se enganou. O revólver herdado de meu pai, um Smith & Wesson de cano longo e cabo de madrepérola, seria nos meus planos a arma para o meu acesso à liberdade final. Mas houve um acidente de percurso. Ao detonar o gatilho, centésimos de milímetro da trajetória da bala desmancharam meu sonho de liberdade. Então permaneço nesta cama, calado, prisioneiro de meu corpo há quase quarenta anos, com uma só expectativa: *Libertas quae sera tamen.*

TRAVESSIA

De volta ao local onde trabalhei por vinte anos, brinco alegre com os velhos companheiros daquele passado tão distante. Alguns já estão mortos, e me surpreendo ao reencontrá-los. Estou feliz por matar a saudade, embora a saída daquele emprego tenha sido um cavalo de pau enriquecedor, que mudou minha vida por todos os ângulos. Incomoda-me, no entanto, o desejo de fumar, vício que abandonei há séculos. O gerente, Del Negro, fumante contumaz, logo percebe meu incômodo e entrega as chaves de minha antiga mesa.

— Você fumava muito, veja se não esqueceu cigarros e fósforos ali.

No meio da desordem das gavetas, encontro uma caixa de Marlboro cheia de bitucas usadas. Estão amarrotadas, sujas de cinzas, meio queimadas e malcheirosas. Del Negro se aproxima:

— Você mesmo as deixou aí quando saiu. Pode escolher as maiores.

Sento na cama, confuso; penso em uma morte asfixiante causada por cigarros. Afasto o pensamento, sem entender a razão do déjà-vu disfarçado de sonho. Tudo ficará claro quando você puder olhar para o seu inconsciente, diria minha psicanalista. Penso numa maneira de interpretar o sonho, numa forma de olhar para dentro de mim. Sim, o sonho parece uma tentativa de reviver um trabalho e um vício do passado; vejo a desordem e a sujeira deixadas para trás.

Em cada um de nós, aprendi no divã de psicanálise, há um desconhecido que conversa conosco por meio dos sonhos.

Quem olha para fora sonha; quem olha para dentro desperta. É certo que há em meu sonho algum recado importante desse desconhecido, algum recado capaz de me fazer despertar. Sensível e perspicaz, minha bela psicanalista saberia interpretar o recado.

Começo a divagar, sonolento. Nossos sonhos não são peças de teatro, de cinema ou de TV que podem ser escolhidas ao bel-prazer...

Bobagem.

Fecho os olhos e procuro escolher o próximo sonho da noite. Quero que seja ardente, com muita emoção, muito envolvimento. As pálpebras pesam.

Vem à cabeça um cinzeiro de metal manchado pelo alcatrão de cigarros. Sinto o fedor característico das dezenas de bitucas amarrotadas que dele transbordam. Eis aí o recado de meu inconsciente: ele reclama da bagunça que o tempo não limpou; da sujeira que sobrou à minha volta; do lixo que precisa ir para o lixo. Não esquecerei essa interpretação e a conclusão (brilhante): é tempo de dar outro cavalo de pau na vida. Ou, como diria Fernando Pessoa, "é o tempo da travessia: e, se não ousarmos fazê-la, teremos ficado, para sempre, à margem de nós mesmos".

Vou me embalando por visões resplandecentes — cinzeiros de prata de lei, piteiras de ouro maciço, roupas novas e sofisticadas, mulheres cintilantes por todos os lados...

E sonho com minha psicanalista.

O APELIDO

O atleta se alonga, prende a respiração, prepara-se para saltar do fiorde, mas o silêncio da plateia de suecos, noruegueses e finlandeses é cortado pelo grito de uma breve exclamação em português. O público, embora sem entender o significado, nota a expressão corporal de contrariedade tomando conta do saltador.

Putz!, pensa o rapaz, *esse cara sabia que eu ia perder toda a minha concentração só de ouvir o maldito apelido. Gritou de propósito, o filho da puta. Só pode ser alguém que estudou comigo no Externato Mundo Infantil...*

Outro grito.

O saltador fica desnorteado, enquanto o público murmura sem entender o que se passa. A voz no alto-falante pede silêncio. O pensamento do saltador voa ao passado, entre seus colegas de jardim de infância; retorna ao presente, no precipício da costa da Noruega. Inseguro, questiona o futuro, em dúvida sobre o que acontecerá quando saltar para as águas geladas daquele fiorde.

Esse sujeito quer me desestabilizar... não vai conseguir. Vou respirar o mais fundo que posso, vou saltar, vou terminar tudo como um martim-pescador. Despenco do céu e perfuro a água no ponto certo. E se o cara gritar de novo? Se gritar justo quando eu saltar? Foda-se. Vou pensar só no mergulho e na água.

Minutos depois, a equipe de resgate tenta ressuscitar o saltador agonizante, quando um jovem de batina pede licença para a extrema-unção. E, ajoelhado diante do moribundo, pergunta em português:

— Vê as cicatrizes de meu rosto? Você quase me matou por causa do apelido que lhe dei, não foi? Pois agora... covarde... morra com dignidade!

Dos olhos do saltador escorre um punhado de lágrimas remanescentes de seu tempo no jardim de infância. E, com um sorriso de aparência piedosa, em contraste com o olhar duro e perverso, o suposto padre faz o sinal da cruz, declama algumas palavras em latim, levanta-se e desaparece no meio das pessoas a sacudir os ombros numa gargalhada muda.

ENTRE TÚMULOS

Eu quis ir embora, mas os portões estavam fechados a correntes e cadeados. Pular os muros de quase cinco metros, nem pensar. Procurar um dos vigias? Sim, mas como explicar o que fazia ali, na alta madrugada de sábado para domingo? Em duas horas será dia — pensei —, melhor esperar a reabertura do cemitério e sair sem chamar a atenção.

Comecei a fazer hora entre os túmulos, lembrei o Cemitério da Recoleta, que é ponto turístico em Buenos Aires. Nossos prefeitos nunca aproveitaram a ideia de explorar este nosso Cemitério da Consolação. Por que será? Estava admirando as esculturas dos túmulos quando ouvi uma voz:

— Ei! Quem é você?

— Eu? Está falando comigo? — perguntei, sem saber de onde vinha a voz.

— Sim, claro. Está vendo mais alguém?

— Desculpe, mas não estou vendo nem o senhor...

— Olhe acima do túmulo à sua frente.

— Onde? Só vejo a estátua de um anjo...

— Sim, assinada por Victor Brecheret. Eu a adotei para ser o meu corpo há muitos anos, o que é hábito neste cemitério. O problema é que não existem mais esculturas desocupadas, e a maioria das almas está sem alojamento.

Duvidando daquilo que ouvia, pensei se não teria ficado louco. Cheguei a ponto de pensar que estava morto. Sim, senhor, para estar perambulando pelo cemitério a esta hora deve ser porque morri e não estou sabendo. Preocupado, afastei os pensamentos fúnebres e resolvi deixar aquela estátua falando sozinha. Saí de perto e fiz mais um pouco de hora.

Os portões foram abertos, surgiram os primeiros visitantes e saí pelos fundos, junto à rua Itacolomi. O problema era que eu não tinha um tostão na carteira. Como tomar um táxi ou um ônibus? Ir ao cemitério de madrugada, sem nenhum dinheiro no bolso? Que tipo de sonambulismo macabro seria aquele?

Depois de longa caminhada até minha casa, na rua Peixoto Gomide, entrei na ponta dos pés para não acordar minha mulher. Foi quando senti o maior choque de toda a minha vida. *O que aconteceu aqui, meu Deus?* A sala estava na maior bagunça, cheia de flores murchas espalhadas pelo chão. Num canto ao lado do sofá, dei com uma coroa de flores cafonérrima, decorada por uma faixa roxa com letras douradas, que dizia: Saudade. Que Deus receba Leonardo no reino dos céus!

POR UM FEITIÇO DE CARNAVAL

No palanque de um carro alegórico ela se exibia ao som da bateria, com os seios dançando na cadência do samba. A multidão acompanhava seus movimentos — nádega esquerda para cima, rebolado à direita... Não consigo descrever. Só sei que enlouquecia qualquer um.

Os desfiles da minha escola são sempre fascinantes, mas a jovem superava tudo. Sob o palanque, um sujeito alucinado, que devia ser o marido, segurava uma dezena de rapazes dispostos a cercar a moça. Logo notei os ingredientes de uma receita fatal: um fortalhão ciumento exercendo a segurança de uma vadia que flertava com a avenida inteira.

Esse sujeito é um imbecil, pensei. Não percebe que sua mulher é fonte de confusões, capaz de acabar com a vida de um homem em pleno dia? Sim, uma bela piranha desavergonhada, enfeitiçando todos que aparecem à sua frente. Como é que o cara aceita essa piranhice? E olha só (não acredito): agora ela está dando bola para mim...

Prestativo, subi ao lado do sujeito e comentei que sua mulher devia ser levada imediatamente para longe daqueles tarados cobiçosos, que insistiam em querer apalpá-la.

— Olha só o desespero da turma! — falei, sério. — Do jeito que as coisas vão, você terá que apagar uns três sujeitos para evitar que ela seja estuprada na própria avenida. Isso aqui vai virar uma confusão danada, tiros e facadas pra tudo quanto é lado. Deixe-me ajudá-lo: enquanto você segura o pessoal, levo-a imediatamente daqui.

Ele aceitou, aliviado. Cobri o corpo da moça com uma manta e a escoltei com uns PMs para longe, enquanto o marido segurava os mais afoitos. Pegamos meu carro e lá fomos nós.

Deixei-a em casa depois de conversarmos bastante no banco de trás, estacionados numa rua deserta. Ela não deixou acontecer o que eu esperava, mas nós nos agarramos e nos beijamos muito, enquanto eu me compadecia pela incompreensão de seu companheiro — um brutamontes grosso e estúpido, segundo ela.

Fiquei a semana inteira meio atordoado, seduzido por um feitiço inexplicável. Depois de alguns dias, não aguentei e fui procurá-la, sem lembrar que essa história de cobiçar a mulher do próximo não dá certo desde os tempos de Moisés.

Não havia nem terminado a quaresma quando eu, apaixonado e condoído pela sorte da moça acorrentada a um marido que não a compreendia, acabei levando-a para morar em minha casa. Esperava problemas, mas, quando eu disse para o tal marido que ela ia comigo, o sujeito foi solícito, educado e nem pestanejou — correu para ajudá-la com as malas. Na despedida, cheguei a pensar que ia nos agradecer pelos cornos que plantamos em sua testa.

Precisei transar dez meses sem descanso para perceber o engodo. Pois é. Agora sou eu que aguento essa vadia flertando com todo mundo, me enlouquecendo de ciúme e de raiva. E o pior é que ela se aconchegou tão bem em minha casa que não tenho como mandá-la embora. Um advogado amigo disse:

— Se cuida, meu caro. Vocês estão vivendo em união estável. Se colocá-la na rua, vai receber um oficial de Justiça no dia seguinte, com liminar de pensão alimentícia.

— O quê? Pensão por um feitiço de Carnaval? Estamos juntos há menos de um ano...

— E daí? Você acha que existe algum prazo? Tirou a moça de outra união, levou-a para morar consigo e vem sustentando-a durante todo esse tempo. Quer deixá-la embaixo da ponte? Acha que o juiz não vai levar isso em consideração?

===

Só então me dei conta do enrosco. Não posso ficar de bobeira, tenho que passar adiante essa piranha no Carnaval que se aproxima. Caso contrário...

DIAS ANTES DE MORRER

Dias antes de morrer, o presidente do Senado surpreendeu uma plateia ao relatar fatos de sua infância. O pipoqueiro de sua escola atendia as crianças através das grades do pátio, lembrando um tratador de passarinhos, quando ele, o senador, então um menino de 9 anos, agitou uma respeitável cédula de dinheiro e comprou pipoca para todos os meninos das imediações. Generoso, gratificou o pipoqueiro com o troco, cujo valor superava em muito os saquinhos servidos à criançada.

Um menino daquela idade não teria uma nota de valor tão alto. Homem digno e correto, o pipoqueiro procurou a diretoria da escola para devolver o dinheiro, que o garoto logo confessou ter furtado da bolsa da mãe.

É certo que a revelação gerou uma grave censura, mas, em contrapartida, os fatos serviram de lição para a vida futura do senador, que em seu relato fez elogios de toda ordem ao pipoqueiro, a pessoa mais honesta que já havia conhecido. Após essas considerações, declarou aos presentes:

— Vossas Senhorias não imaginam, mas durante os setenta anos que eu ainda viveria até hoje, a lição transformou-me num dos homens públicos mais respeitados no Brasil do meu tempo: "Se o malandro soubesse das vantagens de ser honesto, se tornaria honesto só por malandragem". Assim aprendi o valor fundamental da honestidade.

Embora fosse um corrupto notório, envolvido em escândalos a todo momento, o velho senador não esperava a reação da plateia, que caiu numa gargalhada de alguns minutos.

Contrariado, ele teve um mal súbito e foi transportado às pressas de Ribeirão Preto para São Paulo num jatinho do Senado.

No aeroporto de Congonhas, um helicóptero-UTI levou-o diretamente para o Hospital Sírio-Libanês, onde o internaram num apartamento de alto luxo. Os melhores médicos do país tentaram salvar sua vida, em vão. E seu corpo acabou sendo velado com honras de Estado no Palácio dos Bandeirantes.

A morte iguala todos os seres humanos. Essa ideia óbvia me levou a procurar a família do pipoqueiro em uma de minhas viagens a trabalho para Ribeirão Preto. O filho mais velho contou-me como morrera seu pai:

— O véio inda tava forte e sacudido quando teve uma dor danada de marvada. Nóis ponhamo ele num carrinho de mão e corremo inté o hospitár, numa luta pra chegá a tempo. Mais não é que dispois de dois dias na fila ele morreu? Gemeu e chorô di fazê dó, deitado naquele carrinho, onde nóis ponhamo umas coberta pra amaciá o conforto do véio. Fiquemo revortado, até que escuitamo o padre dizê, no enterro, que dispois de tanto sufrimento o pai teve entrada garantida pro paraíso. Muito santo num teve prêmio qui nem o pai.

— Prêmio? — questionei. — Transportado num carrinho de mão que acabou sendo seu leito de morte? Premiado foi o senador, um dos políticos mais corruptos do Brasil, que morreu envolvido por cuidados e atenções especiais, cercado de luxo e riqueza, num dos melhores e mais caros hospitais da América Latina. O que acha do fim desse corrupto indecente em contraste com a morte de seu pai, homem que se distinguiu pela retidão de caráter e pela honestidade?

— Ahh, seu moço... Carece lembrá da lei das compensação. Cê pensa qui jatinho, ilicópitero ou cama de hospitár de rico garante lugar no Céu? Cê acha que o senadô entrô pro paraíso c'o jatinho do Senado?... Já o pai... quem ia barrá seu carrinho de mão? São Pedro ia tê corage?

QUARENTA ANOS DEPOIS

O professor Euclydes Garcia de Freitas foi reconhecido, na década de 1970, como um dos maiores sábios do século XX. Mas sua reputação ficou irremediavelmente manchada depois de uma entrevista ao vivo no dia 18 de outubro de 1974:

— Professor Euclydes, o senhor está desenvolvendo uma teoria a respeito da relação de amor entre homens e mulheres. Poderia nos falar algo sobre isso?

— Boa noite a todos. Eu não pretendia divulgar ainda o resultado de minhas descobertas, mas, em consideração a essa maravilhosa presença feminina, vou adiantar o enunciado de minha teoria. Anotem: o amor entre um homem e uma mulher depende, fundamentalmente, da capacidade do macho humano de aprisionar e domar a fêmea que é objeto de seu amor, domesticando-a.

— Aprisionar e domar mulheres como se fossem animais bravos? Domesticá-las? — questionavam as entrevistadoras em coro.

Os movimentos feministas vinham se intensificando em todo o mundo. Era o momento da história da humanidade em que ocorriam as maiores conquistas femininas, o que explicava a indignação geral das presentes:

— Depois de milênios de escravidão — rugiu uma das entrevistadoras —, quando começamos nossa marcha para a liberdade, vem um *porco chauvinista* defender esse absurdo?

Tais questões envolviam sempre um fanatismo alucinado das feministas e das mulheres de vanguarda. Sob vaias gerais, alguém atirou um sapato no professor, e o programa descambou para a violência, confronto físico e um início de linchamento, felizmente debelado pelos seguranças de prontidão.

Passaram-se quarenta anos.

Embora o professor estivesse vivendo no completo ostracismo, fui encarregado de preparar uma matéria sobre ele para a revista masculina em que eu trabalhava. A respeito dos acontecimentos na noite das agressões, ele respondeu:

— As feministas não me deixaram explicar nada, de tão enfurecidas. Mas a verdade é que os homens são tiranos e dominadores por razões genéticas. Não é possível lutar contra isso. Eles têm um fraco por prisões, correntes, cadeados e chicotes. Experimente ir a um jardim zoológico e verá os animais padecerem em jaulas e viveiros, quando não acorrentados. Nas áreas rurais, os cavalos vivem encarcerados em cocheiras, os bois em estábulos, os porcos em chiqueiros, as galinhas em galinheiros. Nas moradias urbanas, os cães são aprisionados em canis, os pássaros em gaiolas, os peixes em aquários.

— Mas, professor Euclydes, o que isso tem a ver com aprisionar e domar mulheres?

— Ora, se é da essência do homem essa tendência escravocrata e prisional, levando-o a atentar sempre contra as liberdades individuais, por que imaginar que ele possa se abster de aprisionar e escravizar suas próprias mulheres? Se, durante toda a história da humanidade, ele tem feito isso até com a própria mãe, não fará com suas fêmeas? Que ingenuidade. Os homens jamais desistirão de rebaixar as mulheres à condição análoga à de escravas ou animais de estimação. E então, considerando que todas as conquistas femininas não permitem mais a submissão das mulheres à força dos chicotes, julguei necessário propor à humanidade um pacto conciliatório que dispensasse jaulas, correntes, chicotes, castigos ou ameaças contra nossas fêmeas. Eu não poderia ignorar, logicamente, que seria necessário manter o domínio e o jugo dos machos, preservando a essência do comportamento humano. Desde que o mundo é mundo e o *Homo sapiens* surgiu na face da Terra, a situação é essa. Não há como modificá-la radicalmente de uma hora para outra.

— Mas, professor, isso é o oposto das pretensões femininas...

— Sim e não. O processo de doma que eu idealizei envolve muito amor e carinho, acarretando uma alegria e um bem-estar tão entusiásticos que transformam as mulheres domesticadas em seres sempre obedientes, carinhosos, bonitos e atraentes. Aliás, a doma idealizada produz resultados muito mais eficazes do que as modernas dietas alimentares ou os regimes fundados em exercícios aeróbicos. Qual o ser humano que não se embeleza com a felicidade de espírito, a alegria de viver e as intervenções do amor e do carinho?

As mídias se alvoroçaram logo que a entrevista foi publicada. Em contraste com a indignação geral da população feminina, a ala masculina ficou desesperada para saber como funcionava o processo de doma de mulheres. Em meio às discussões, porém, aconteceu a tragédia: uma explosão, seguida de incêndio, destruiu boa parte do laboratório do professor Euclydes, encontrado morto entre os escombros.

Perícias minuciosas deixaram as autoridades policiais chocadas. As marcas de algemas e correntes, além de sinais de tortura e mutilações detectados nos restos mortais periciados, levaram os laudos a concluir, conforme constou da *notitia criminis* apresentada à 4ª Delegacia de Polícia, que o professor morreu "em consequência de torturas hediondas, com requintes de crueldade jamais imaginados".

Quanto à autoria, nada ficou esclarecido, embora as suspeitas tenham recaído sobre um total de 39 mulheres — três cônjuges da vítima, mais sete amantes e 29 namoradas. Nenhuma dessas mulheres soube explicar as impressões digitais que havia deixado no local onde foi encontrado o corpo do professor Euclydes Garcia de Freitas.

O BRILHO

O velho advogado, maltratado por dores que não o deixavam havia semanas, ouviu uma das médicas falar-lhe de forma carinhosa, tentando confortá-lo nos seus últimos momentos:
— Dr. Afonso, lembro-me tão bem do senhor quando meu menino, hoje com mais de cinquenta anos, tinha apenas seis ou sete meses... O senhor veio falar comigo no hall dos elevadores de seu escritório da época, na rua Quinze de Novembro. Nunca mais nos vimos, mas sua foto ou seu nome nos jornais sempre me levavam de volta para aquele dia.

Afonso virou-se lentamente para ver a dona daquela voz tão agradável e sentiu suas dores se aliviarem com a energia que vinha do rosto sorridente da senhorinha de avental azul. Forçou a memória, mas não conseguiu lembrar. Ia comentar isso, meio encabulado, quando duas pequenas estrelas cintilaram nos olhos dela, estremecendo-o com um pensamento: *Sim, como alguns detalhes são importantes. Esse brilho não é algo que se possa esquecer...*

E assim, pouco antes de morrer, ele lembrou...

Era então um jovem advogado em começo de carreira. Devia ter uns 30 anos. No hall dos elevadores de seu escritório, no centro da cidade, uma estudante de Medicina conversava com alguém e carregava um bebê. Ele se aproximou com os olhos fixos na criança, beliscou suas bochechas e comentou:
— Que menino bonito... É seu filho?

Ela sorriu e respondeu, mas ele nem prestou atenção à resposta. Meio atordoado, meio intrigado, conservou o olhar por um instante no rosto dela, com centenas de pensamentos revoando desencontrados. Uma festinha nos cabelos da criança, outro comentário agradável, mas irrelevante. A moça sorriu. E de seus olhos emanou um brilho que ele só vira antes no olhar da mulher que o amava. Gaguejou algo ininteligível e despediu-se sem jeito, envergonhado.

Em vez de tomar o elevador, retornou para o escritório. Sentou-se à escrivaninha, girou sua aliança de casamento no dedo, procurou relembrar a fisionomia da tal moça, tão bonita, cabelos e olhos castanhos, delicada e elegante. *Eu largaria tudo por ela*, pensou. Algo o havia fascinado profundamente. Ele não sabia o que era, mas o detalhe... o brilho no seu olhar...

Voltou-se para o relógio de pulso, levou um susto. Levantou-se rapidamente, saiu apressado do escritório, tomou o elevador e ganhou a rua pensando na mocinha. Pouco depois, a esqueceu por completo.

NEM BARATA, RATO OU GALINHA TRISTE

— Eu tava na escuta — disse o delegado na consulta ao seu advogado — quando ouvi a conversinha deles:

"*E aí, Pipoco? Já tamo c'a bufunfa, vamo matá logo esse preibóizinho?*"

"*É. Se nóis sortá, o infiliz vai reconhecê a gente nos arbom da poliça. Num tem saída.*"

"*Vamo tirá a sorte pra vê quem dá um teco nele? Ceis vão vê. É qui nem matá barata. Dá nojo, mais é só. Eu pedia dinheiro nos cruzamento e os rico me olhava como se eu fosse barata. Então, vamo despachá esse aí como uma barata.*"

"*Barata, não. Rato. Dá um teco num cara desses é qui nem matá rato*", disse Pipoco. "*Os rico me martratava nos cruzamento: 'Sai daqui, moleque! Não encosta no meu carro.' Então, peguei gosto de matá esses rato.*"

"*Já eu sinto é dó*", disse o terceiro sequestrador. "*É qui nem matá galinha triste. Às veiz esses cara me dava lanche, comprava guaraná. Nem todos era ruim. Então, fico com pena de matá. Nem machucá num gosto.*"

— Bem, doutor — prosseguiu o delegado —, depois dessa conversinha, vi que não tinha jeito. Precisava estourar logo aquele cativeiro. Dei ordem pra turma entrar atirando, matando os bandidos sem dar nenhuma chance, sem fazer prisionero. Era tudo sangue ruim. O primeiro matava gente pensando que era barata. O segundo achava que era rato, e o terceiro galinha triste... Tô errado?

— Pois é, meu caro. Se contar essa história no tribunal vão concordar que você, embora não seja barata, rato ou galinha triste, é uma fera; e, como tal, deve ser trancafiado numa jaula.

MORTE NA ASSEMBLEIA

Minutos depois da invasão, Zé Raposo começou a montar o lança-chamas. Em duas colunas, os ratos fustigaram os bombeiros pelas laterais e os obrigaram a seguir pelo centro, enquanto tomavam toda a retaguarda. Os homens da equipe só se deram conta da estratégia quando já estavam cercados, com os roedores brotando como formigas do chão e das paredes. No último momento, quando tudo parecia perdido, Zé Raposo avançou com o lança-chamas sobre os animais, que fugiram aterrorizados, guinchando por todos os cantos.

Vencedores num primeiro confronto, os bombeiros sabiam que os ratos logo se reorganizariam. Enquanto o pessoal discutia, Zé Raposo entrou num dos subterrâneos da estação. Foi se esgueirando no escuro, com a ajuda da lanterna do celular. Acostumado a trabalhar nos labirintos do metrô, ele se arrastou por um dos pequenos túneis de respiração e seguiu pelo chão atrás do som dos ratos, que pareciam reunidos em um dos salões subterrâneos.

Um calor fétido pairava sobre a atmosfera de gases, onde uma voz estridente sobressaía na algazarra de uma multidão de roedores. A penumbra se mantinha no salão onde só entravam os raios de sol mais insistentes — depois de violar a escuridão através das bocas de lobo da avenida Paulista.

Tentando ignorar as milhares de baratas que o observavam, Zé Raposo ficou num canto espionando os ratos em assembleia, até ser denunciado pelo toque de seu celular.

Como pôde esquecer o volume ligado? Olhinhos vermelhos de ódio se voltaram de todos os lados em sua direção, e ele foi cercado por um mundo de dentes arreganhados, prontos para despedaçá-lo.

Um grito de ordem silenciou o burburinho, e abriu-se um caminho para o líder. Ele veio devagar, olhou o prisioneiro de cima a baixo, sentou-se num pequeno trono que lhe trouxeram, fez cara de homenzinho, cruzou as pernas como uma moça e se mostrou chocado quando Zé Raposo perguntou:

— Antoninho? O que faz aqui?

===

Anos antes, sequestrados por escravos que trabalhavam nas obras do metrô, Zé Raposo e o líder dos ratos, Antoninho, compartilharam o mesmo cativeiro durante quase um ano. Portanto, Zé Raposo imaginou que o roedor, agora, retribuiria a alimentação dividida fraternalmente durante todo o período. Mas aquele rato era mesmo um rato; olhou-o com firmeza e disse:

— Meus companheiros vão matá-lo, não tenho como impedir. Porém — fez um gesto magnânimo —, se tiver um último desejo... Fomos tão amigos, Zé, eu lhe concedo um pedido final.

— Puxa, como você é benevolente — ironizou Zé Raposo, decepcionado, e olhou para o teto distante, atrás de uma última esperança, quem sabe um socorro divino.

Curioso, o rato líder olhou para o mesmo lugar; todos os companheiros também olharam, tentando enxergar a saída que Zé Raposo certamente buscava. Nesse instante, foram surpreendidos por uma barra de ferro ao alcance do prisioneiro. Ele desferiu uma porretada em Antoninho, cujo sangue explodiu no ar em vários esguichos de vermelho vivo. O líder rolou pelo chão aos gritos estridentes, até que parou, gemeu, revirou os olhos e lançou um guincho de morte, acompanhado de um último suspiro.

Raposo correu para uma elevação no terreno, aguardando o revide dos ratos, mas estes permaneceram atônitos, em paralisia total. Vendo que nenhum animal se dispunha a atacá-lo, Zé Raposo urrou alucinado:

— Voltem para o inferno, seus ratos do fim do mundo. Todos fora daqui! Desapareçam da minha vista ou acabo com vocês.

Inesperadamente, aquela multidão fugiu aos atropelos, guinchando aterrorizada, acotovelando-se. A morte do líder pusera um ponto-final na assembleia e na guerra. Ao retornar aos bombeiros, Raposo contou tudo e ouviu do comandante:

— Pois é, meu caro. Os ratos e seus líderes são como pragas, pestes virulentas ou doenças contagiosas. Surgem, desaparecem e ressurgem com outra roupa. Logo precisaremos enfrentar algum outro Antoninho.

A EXPLICAÇÃO DO MEL E DO AÇÚCAR

Ele vinha andando pelo terreiro de café, no lusco-fusco, e eu pensei, à distância, se uma brisa mais forte não o carregaria para longe, de tão magro. Logo corrigi aquele pensamento: bastou ele se aproximar para eu ver que não seria um vento qualquer que carregaria ossatura como aquela. Pela janela, eu o convidei para entrar, e ele quase precisou baixar a cabeça para cruzar a porta.

Era tão singelo e respeitoso que eu e Marta, minha mulher, mesmo sem saber quem era, indicamos uma poltrona e o convidamos para jantar. Seus olhos varreram a sala, sem esconder o prazer que lhe trouxe o perfume da canja de galinha no fogão a lenha. Sim, e bastou ver seu rosto de perfil para entender que aquele cheiro, apesar de suave, jamais escaparia a seu olfato.

Gaguejou algo que não entendemos e, com os olhos se enchendo de água, apontou o quadro a óleo da sala e disse encabulado:

— Aquele menino sou eu, dando de comer ao Rurick, garanhão que meu pai montava...

— Tio Amílcar? É você? Está vivo? — perguntei, surpreso. Eu só o conhecia por causa daquele retrato pintado por minha mãe sessenta anos antes.

Não houve tempo para resposta. Nestor entrou na sala, estabanado, correndo em minha direção, todo feliz. Veio derrubando tudo com seu rabo descomunal. Que diabos? Quem o teria soltado da corrente? Agarrei-o pela coleira, temeroso de que pudesse atacar nosso convidado.

— Deixe o cão — ouvi um sussurro de tio Amílcar. — Ele não fará nada contra mim.

Hesitei, mas meu tio olhou tão firme e tão sério que não ousei discutir. Logo entendi que nem mesmo o jovem e destemido Nestor se atreveria a desobedecê-lo.

— Venha! — ordenou ao cão. E Nestor jamais se afastaria dele, circundando-o até a morte, anos depois, um planeta na órbita de uma estrela.

Apesar do comportamento sempre quieto e silencioso de tio Amílcar, também nós, Marta e eu, nossos três filhos e as dezenas de moradores da fazenda, fomos seduzidos pelos seus encantos. Sem nenhum motivo perceptível, sem qualquer razão aparente, todos sempre agiam como que hipnotizados pelo seu carisma e pela forma suave, embora firme, como pensava, falava e se movimentava.

Quando eu era criança, mamãe falava do irmão e dizia que um artista amigo da família chegara mesmo a compor uma música para explicar por que as pessoas se encantavam tanto com ele. E acrescentava, lembrando o sucesso de Wilson Simonal:

— Quando ele era neném, mamãe usava mel e açúcar em lugar de sabonete e talco.

Ridículo? Pode ser, mas até hoje fico pensando nos poderes de algumas pessoas diante de animais e humanos. É um mistério insolúvel, que no caso de tio Amílcar se desvendava com a explicação bizarra de minha mãe.

VOO DE ASA-DELTA

Fábio gastava a maior parte do tempo no banheiro, de onde saía sempre com ar de alívio, apesar das olheiras acentuadas. Seu pai suspeitava de algo relacionado com os cabelos negros, os olhos verdes e a silhueta esbelta da professora particular do adolescente.

Olhos furtivos sobre o decote da moça, durante as aulas Fábio sentia a imaginação voar em pensamentos libidinosos. *A professora está apaixonada por mim*, era só o que passava pela sua cabeça. *Sinto isso quando ela vem roçando suas coxas nos meus joelhos ou quando fixa o olhar na minha boca...*

Certo dia, ao ensinar literatura ao rapazote, a tal professora questionou-o:

— Por que você cismou tanto com Lolita e a relação dela com o padrasto?

— Hã?... Não é nada... Fico atraído pela trama: adolescente provoca a paixão de alguém bem mais velho.

— Tenho mais que o dobro de sua idade, Fábio. Será que não está se identificando com Lolita? — perguntou ela, rindo.

Pego de surpresa, os olhos arregalados, a garganta seca, as mãos frias, o menino imaginou se a professora não estaria dando a deixa para ele ser mais ousado e direto. Oscar, dois anos mais velho, o havia aconselhado a agir como homem e agarrá-la de uma vez.

— As mulheres gostam de ousadia — dissera-lhe então o amigo. — Comece sapecando um beijo na boca, língua quente e ágil, mãos apalpando nádegas e seios. Pelo que você me conta, é só o que ela está esperando. Vá em frente, não seja vacilão.

Encorajado não só pelas palavras do amigo, mas pela própria interpretação, Fábio concluiu, nervoso, que devia mesmo agarrá-la naquele momento. *Ataco de um golpe só enquanto ela está distraída?*

Como alguém à espera de um vento favorável, estava o rapaz em delírio — asa-delta já preparada para saltar do penhasco — quando a professora, estranhando seu comportamento, olhou-o séria e perguntou:

— Por que está tão ofegante? Que cara é essa, menino?

— Hã?... Hã?... — Num estalo, Fábio percebeu que sua asa-delta se partira antes do voo. — Não é nada, professora, não é nada. Estou me sentindo muito mal.

Levantou-se de supetão, correu para morrer no banheiro.

O ALMOÇO DO SÉCULO

Meu irmão e eu havíamos brigado feio, como sempre, e meu pai nos castigara depois de um longo sermão. Ao reclamar com meu avô, ouvi a história de suas tias-avós, Cianinha e Sinhá, que viveram desde pequenas como duas inimigas mortais, agredindo-se sem trégua.

===

Nos idos de 1897, já cansada das brigas, tia Cianinha entrou marchando na casa da irmã, desafiando-a para um duelo final. Estipularam data e lugar para se defrontarem, marcando um almoço que revelaria a vencedora, que ficaria com o título de melhor cozinheira de todas as mulheres da família no século XIX.

— Sim, meu caro — confirmou vovô —, e o duelo entre as duas senhoras de quase 80 anos acabou coroado com vítimas e muito sangue.

— Ah, vovô... Duas cozinheiras velhinhas? Esse sangue todo só podia ser molho de tomate.

— Tenho aqui recortes dos jornais... — E abriu uma gaveta para mostrar as manchetes: "Um rio de sangue na cozinha de D. Sinhá Andrade"; "Duelo sangrento no almoço de domingo"...

===

No dia marcado para a peleja, tia Cianinha chegou na casa de tia Sinhá com oito frangos vivos, amarrados e carregados pelos pés.

— A ideia de fazer frango ao molho pardo é minha! — gritou tia Sinhá, com outra penca de aves dependuradas, prontas para o abate.

— Não tenho culpa que você escolheu o mesmo prato — respondeu tia Cianinha, esgoelando-se.

Os berros das duas não foram abafados pela gritaria das aves, cujas cabeças iam rolando enquanto o sangue escorria para as panelas e as penas eram arrancadas com água fervente. Em meio à matança e aos xingamentos, começaram a misturar os ingredientes, juntando ao sangue vinagre branco, pimenta-do-reino, tomate sem pele, hortelã e pimentão verde. Bateram tudo com firmeza, enquanto discutiam e recordavam remotas desfeitas de uma contra a outra. Depois, sempre aos berros, juntaram os ingredientes batidos aos refogados de cebola picada, óleo, sal, louro, manjericão, salsinha e farinha de trigo.

Quando as almas dos frangos decapitados começaram a pairar perfumadas por todo o sobrado, avançando pelas salas e até pelo terraço, a discussão se intensificou de tal forma que as duelistas, como *boxeurs* (vovô tirava a palavra do francês), se atracaram numa violenta luta corporal, sem que ninguém conseguisse apartá-las.

Gritaria, cães latindo, escorregões, penas pelo ar, copos se espatifando, sangue e temperos escorrendo por todos os lados. Apenas os cachorros saciaram a fome naquele dia, ao devorar os vários frangos sem vida pelo campo de batalha. Quanto às duelistas, os auxiliares e os convidados, terminaram na delegacia, de onde só saíram de madrugada, depois de muito bate-boca.

Segundo vovô, as duas tias não brigaram mais. Em poucos meses, Cianinha teve um mal súbito e morreu. O mais intrigante foi que Sinhá, de tão desolada e chocada com a morte da irmã, acabou morrendo logo depois, acometida por uma tristeza invencível. Qual a explicação?

— Pois é, vovô, a lógica diz que tia Sinhá deveria ter ficado contente. As duas não se odiavam?

— Não, meu rapaz. É comum que essas coisas aconteçam entre irmãos, que muitas vezes começam a competir no berço. O sangue nunca era o das tias, mas das aves e dos leitões dos pratos que preparavam. Quanto ao colorido berrante, vinha do molho de tomate, como você mesmo adivinhou. Elas não sabiam externar, senão de forma abrutalhada, todo o amor incondicional de uma pela outra.

— Desculpe dizer, vovô, mas se era amor, era um amor completamente patológico, uma maluquice.

— Sim, filho. Não muito diferente do amor que existe entre você e seu irmão.

ESTRELADO

No Brasil, no tempo de meus bisavós, a maioria das pessoas vivia na terra e da terra. Já meus avós morreram quando a maior parte dos brasileiros passou a viver nas grandes cidades. Hoje, quase ninguém imagina como acontece no campo a vida que nos alimenta.

———

Com as Três-Marias na testa, ele nasceu na invernada. Tentou se levantar, mas não conseguiu. Gaviões e urubus oportunistas surgiram para atacá-lo no caso de um descuido da jovem mãe. Quando cheguei, ela mugia e ameaçava a passarada aqui e ali. Apesar da defesa violenta em favor do filho, ela era de uma raça leiteira (holandesa preta e branca) cujas fêmeas são dóceis e tranquilas, ao contrário dos touros, sempre furiosos. A vaca não se opôs à minha iniciativa de carregar o bezerro, pois sabia que eu não era ameaça, mas salvação.

Acomodei Estrelado no estábulo, em uma das baias para recém-nascidos. Acompanhando tudo, sua mãe mugia baixinho, com olhares tão ternos e amorosos quanto tristes e doloridos. Adivinhava as regras? Nas fazendas leiteiras, os bezerros são separados das mães quando nascem. As fêmeas são conservadas para reposição ou venda futura, enquanto os machos vão para o abate na primeira semana, a fim de economizar o leite. Apenas quando têm boa origem genética são criados para reprodução. Estrelado, filho e neto de campeões, só não foi morto por essa razão; mas não teria qualquer outro contato com a mãe.

O bezerro ficou berrando ali sozinho, sem entender o motivo da separação. E a vaca, devagar, tocada para o pasto das companheiras em lactação, ia mugindo e olhando para trás, num chamado inútil à cria que deixava para sempre.

Maltratado pelo tédio, Estrelado passava o tempo a olhar para as paredes de sua pequena baia. As moscas o aborreciam, mas alguns passarinhos faziam-lhe companhia e até subiam em seu lombo atrás de carrapatos e outros insetos. Na hora da ordenha, o bezerro parecia ouvir no meio das vacas estabuladas um mugido familiar. Berrava bastante e só se acalmava quando eu surgia com o balde de leite. Nos primeiros dias, com um dos dedos em sua boca, eu levava minha mão e seu focinho ao líquido, e ele sorvia o leite avidamente, quase engolindo meu dedo. Passados dois ou três dias, já sabia o que fazer: ia diretamente ao balde sem que eu precisasse guiá-lo.

Com quase um mês de idade, chegou o momento de sua primeira excursão fora da baia. Carreguei-o para o piquete dos bezerros, deitei-o no capim cheiroso e me afastei para observar. O sol do meio-dia explodiu em seus olhos. Os ruídos e sons que escutava à distância passaram a reboar em seus ouvidos com uma nitidez ensurdecedora. O cheiro de toda a natureza penetrou em suas narinas com a força do amoníaco, assustando-o. Que mundo seria aquele? Aprisionado em uma baia, gordo e forte, nunca havia andado livremente. Com um movimento rápido, ficou em pé, mas caiu desajeitado. Em outra tentativa, saiu tropeçando e quase caindo.

Parou de repente. O que estava vendo?

Braços abertos pareciam querer agarrá-lo. Aproximou o focinho para cheirar, mas uma lufada de vento fez com que a flor se envergasse repentinamente, espantando-o. Voltou-se para fugir, caiu para trás. Tentou levantar, as pernas não ajudaram. Olhou para o suposto inimigo, mas ele estava imóvel, impassível. Aproximou-se e sentiu o perfume. Nossa... Abocanhou e engoliu a flor, depois de mastigá-la com alegria e apetite.

Enquanto as seriemas prosseguiam em sua discussão longínqua, um galo bateu as asas e cantou a cerca de três metros. Estrelado fugiu, mas parou logo adiante, surpreso: *Sei correr!* Arrancou numa vigorosa disparada, emocionando-se ao sentir nos ouvidos o zumbir do vento; trombou em uma cerca de madeira, não entendeu a dor. Cabeça-dura, se levantou, respirou, continuou a correria. Deu um coice no ar, encantou-se com a manobra; deu outro coice, ficou mais encantado ainda; saiu pelo piquete em um bailado frenético a escoicear, empinar, corcovear, pular e correr.

No final da tarde, levei-o para a sua baia, onde deitou na cama de capim seco, exausto. Quando o sono já o entorpecia, passeou seus olhos pelo ambiente. Com um rápido movimento de pernas, dirigiu-se à portinhola e berrou, tentando forçá-la. Estava furioso. Com o porte altivo do touro destemido em que se transformaria no futuro, sua figura não era mais a de um bezerro órfão. Estrelado havia provado a liberdade pela primeira vez. Nunca mais voltaria a ser o mesmo.

TELHAS QUEBRADAS?

Telhas quebradas no telhado de minha casa? Sim, aquele aplicativo do celular vai resolver. Mais tarde eu o acionarei para substituí-las. Não é hora de pensar nisso, é hora de voar. Nada como um voo pela manhã, o sol brilhando nos telhados e nas copas das árvores, o vento zunindo nos ouvidos. Será que Santos-Dumont reparava nas telhas quebradas de Paris? E vovô? Será que notava os telhados de São Paulo?

Parece que escuto a voz do velho com aquela história de 1920, quando foi visitar vovó em Campinas. Ela morreu jurando que não havia revelado o local e o horário do pouso, mas nunca explicou como a cidade inteira descobriu a hora exata em que seu noivo chegaria de avião. Foi o primeiro acidente aéreo de Campinas. A multidão invadiu o campo, obrigando vovô a pousar, ou melhor, a capotar numa pastagem próxima, graças a um cupinzeiro oculto pelo capim.

Já se passaram mais de cem anos desde aquele pouso desastrado. Minha avó morreu, e depois ele. Meu pai, outro aviador na mocidade, também se foi. No tempo deles, precisávamos de um balão ou das asas de uma aeronave. O que vovô diria se soubesse que acordei agora há pouco com o alarme de meu iPad, acionei o aplicativo Pássaro Veloz e saí para passear pelo bairro em alto estilo, *à la* Fernão Capelo Gaivota?

Hoje eu enfrento as alturas na maior segurança, usando apenas o celular. A tecnologia dos aplicativos chegou ao ponto de fazer com que meu simples iPad me leve a mais de quinhentos metros de altura, onde passeio sossegado, dando até uns rasantes sobre o telhado de minha casa para examinar telhas a serem substituídas.

    Os aplicativos servem para tudo. Na Antiguidade era possível voar montando Pégaso, usando o capacete de Mercúrio ou as asas de Ícaro. Sempre tivemos como equipamento de voo nossa imaginação. Mas agora, com o homem prestes a inventar a imaginação artificial, será que continuaremos a voar da mesma maneira?

A CONDENAÇÃO

Os direitos à vida e ao devido processo legal são garantias fundamentais previstas em todas as nossas constituições, inclusive naquela que vigorava quando eu tinha 13 anos e senteciei um leitãozinho à morte sem julgamento. Havia uma justificativa: a cozinheira da fazenda precisava servi-lo à pururuca, com virado à paulista, couve refogada, torresmo e ovos estrelados em renda crocante.

Acordei bem cedo, fui acompanhar a ordenha das vacas e voltava para a sede quando dona Antônia, a cozinheira, me pediu para escolher no chiqueiro um leitãozinho já desmamado. Seu Izidoro deveria matá-lo, arrancar toda a sua barrigada e despelá-lo a faca e água fervente. Quando estivesse bem limpo, seria temperado por ela em vinhas-d'alhos para o almoço do dia seguinte, um domingo.

Fui com meus irmãos menores e mais quatro primos escolher o leitãozinho. Mais de vinte deles, em idade de abate, permaneciam prisioneiros em um cercado. Escolhi um magrão, sem gordura, com uma mancha escura em um dos olhos. Seu Izidoro saiu atrás dele e teria atravessado o coração do animal, se, no último momento, um de meus primos não tivesse gritado para mim:

— Como é que você condena um sujeito à morte sem dar-lhe o direito a um julgamento justo? Quer ser cúmplice de um assassinato?

Passamos a discutir o assunto e concluímos que não se poderia, realmente, suprimir o direito do porquinho a um julgamento. Se a Constituição da República nunca foi observada no país, paciência; na fazenda, ela haveria de prevalecer.

Começamos os preparativos para instalar o tribunal do júri, na mesma linha dos filmes norte-americanos da época. Chamamos todos os primos e primas, além dos filhos do pessoal da colônia. Escolhemos doze jurados. Eu presidiria o tribunal, um primo faria a acusação e a defesa ficaria a cargo de uma prima. O julgamento demorou umas três horas, terminando com a absolvição do leitãozinho por votação unânime.

Eram quatro horas da tarde quando voltamos para a sede, a fim de contar a dona Antônia que não tinha sido possível atendê-la, por causa da absolvição. Ela teria que mudar o cardápio do dia seguinte, considerando, inclusive, que não havia tempo hábil para que julgássemos outro leitão.

Dona Antônia ficou possessa, não aceitou o veredicto. Ela devia ter uns 85 anos naquela década de 1960. Ainda assim, correu para o chiqueiro e, sob os nossos protestos, conseguiu que Izidoro aprisionasse um dos leitões.

— Meu vô era escravo, morreu chicoteado pelo dono. E oceis qué sarvá o leitão só purque não foi jurgado? Péra aí que eu mema faço o serviço. — E mergulhou a peixeira de seu Izidoro no coração do leitãozinho.

O FEITIÇO

No ano de 1284, um flautista teria livrado Hamelin de uma infestação de ratos. Com sua música, ele encantou todos os roedores, levando-os a se afogar em um rio. Em seguida, considerando que os cidadãos não pagaram o combinado, o flautista usou sua flauta para enfeitiçar todas as crianças da cidade, encarcerando-as em uma caverna, enquanto os pais oravam na igreja local. Passados mais de setecentos anos, não há em Hamelin ratos nem crianças.

Eu sofria com a síndrome do pânico havia várias décadas e meu último terapeuta resolveu consultar uma colega, a dra. Mariana Barros, psicanalista especializada nesse mal. Ouviu dela, então, o relato que envolvia seu paciente Marcos (nome fictício), quase levado à morte devido ao pânico, mas salvo pela antiga fábula dos Irmãos Grimm.

Marcos teve a primeira crise em uma via de alta velocidade, quando rodava em direção à cidade de São Paulo. Com os faróis iluminando o anoitecer, seu veículo entrou suavemente na rodovia dos Tamoios, passando a integrar o trânsito de domingo debaixo de uma chuva leve. Em menos de uma hora, um guarda rodoviário tentava falar com a família de Marcos pelo celular do rapaz, que mais tarde contou o ocorrido:

— Quando entrei na rodovia, o tempo mudou, meu coração disparou e o suor começou a encharcar minhas roupas. Senti falta de ar, tive certeza de que ia morrer. Quase desmaiando, brequei forte, parei o automóvel e fiquei paralisado de medo, enquanto meu espírito gritava dentro de mim. Até o resgate, fiquei escutando as brecadas e buzinadas dos veículos que tentavam não bater em meu carro.

Rapaz brilhante, tenista competitivo, advogado admitido por uma das melhores bancas de São Paulo e de casamento marcado com uma moça linda. Tudo isso não significou nada quando as crises de pânico de Marcos começaram a se intensificar, contou a dra. Mariana. Em menos de oito meses ele perdeu tudo, inclusive o emprego. Felizmente havia sobrado Simone, a noiva. Não fosse por ela, pensavam todos, ele acabaria morto, aterrorizado pelo medo do próprio medo.

Segundo a dra. Mariana Barros, a versão de Marcos sobre o incidente na estrada não deixava dúvida quanto ao diagnóstico. Tratava-se de uma crise da síndrome do pânico. Ela iniciou o atendimento regular do jovem, levantando informações de todas as pessoas mais próximas. Pensou em Simone, a noiva, mas as informações sobre ela eram todas positivas: moça estudiosa, correta, boa companheira e boa amiga. Passou a trabalhar com os sonhos de Marcos, conforme revelou ao meu terapeuta:

— O rapaz precisava sonhar, literalmente, para acordar de seu pesadelo. Considerando que os sonhos são fenômenos da vida psíquica nos quais a inconsciência se revela, a vida interior dele poderia mostrar parte de seus segredos emocionais.

A dra. Mariana trabalhou por meses até perceber que os pesadelos de Marcos seguiam sempre o mesmo padrão.

— Os transtornos do pânico — explicou — costumam depender de uma fonte oculta no mundo interior dos indivíduos. O conjunto dos sonhos de Marcos mostrou que o inconsciente do rapaz tentava chamar a atenção de seu consciente. Guiei-me por um dos seus pesadelos mais recorrentes até encontrar a causa provável das crises de pânico.

Esta é a transcrição do pesadelo de Marcos, conforme a dra. Mariana apresentou:

"Ofegantes, vamos na neblina pela trilha escavada na pedra; circundamos uma montanha de onde descem alguns ratos. 'Não se preocupe', diz Simone, 'são apenas ratos'. Mas a trilha vai sendo invadida, e os roedores começam a nos empurrar para o precipício. Com pequenos dentes pontiagudos à mostra, olhos vermelhos, guincham cheios de ódio, ameaçando nos atacar. Vejo que seremos devorados, começo a retornar pelo meio da multidão de ratos, atropelando-os na corrida. Corro uns trinta metros até que eles desaparecem. O caminho à frente está livre, mas não posso deixar Simone. Olho para trás, minha noiva prossegue na subida da trilha, tocando uma flauta, alegre e saltitante; os ratos parecem encantados; acalmam-se e a acompanham".

Com base nesse pesadelo, a dra. Mariana passou a acreditar que Simone, por alguma questão de temperamento ou personalidade, levava Marcos a trilhar um caminho que contrariava sua natureza. O inconsciente dele, como que revoltado, manifestava-se mediante crises de pânico.

Esses problemas, entretanto, desapareceram a partir de um dado específico: uma briga do casal acarretou o término do noivado. Com a separação, a vida de Marcos tomou um novo rumo. Ele esqueceu as crises e logo começou a se reintegrar socialmente. Encontrou uma moça cheia de qualidades e começou a namorá-la. Hoje, bem-sucedido profissionalmente, vive um casamento feliz, com três filhos pequenos. Nunca mais sofreu recaídas.

Essa história relatada por meu terapeuta, que a ouviu da dra. Mariana Barros, foi um marco na vida que eu levava. Eu tinha despendido todas as energias dos últimos cinquenta anos enfurnado nos livros de direito tributário. Apesar de todo o dinheiro que ganhava, meu escritório de estudos e pesquisas era a minha prisão, a fuga para não ter que enfrentar o *medo do medo*. E minha vida transcorria no cárcere, sendo eu prisioneiro de um feitiço, como as crianças de Hamelin.

Ao tomar conhecimento das circunstâncias da cura de Marcos, descobri, em um estalo, a fonte de todos os meus problemas — uma senhorinha controladora e manipuladora com quem eu já estava casado havia mais de cinquenta anos. Assim, arrumei as malas e a abandonei imediatamente.

Passados dois anos, sou um homem feliz, circulando pelos bares e restaurantes da moda, sempre acompanhado das mais belas modelos e atrizes. É verdade que às vezes meus amigos e familiares me comparam ao saudoso Olacyr de Moraes com as dezenas de amantes que podiam ser suas netas. Finjo não perceber, mas sei que todos afirmam, irônicos, que me transformei num velho ridículo e sem noção da realidade.

Velho ridículo? E daí? Tratado com carinho e desvelo pelas mais lindas moças, vi o pânico desaparecer de minha vida, que hoje é só alegria e felicidade. Sei que essas jovens estão comigo pelo meu dinheiro, mas confesso que eu também estou mais interessado na beleza e na juventude delas do que nelas próprias.

É tudo uma troca sem maior importância. O que vale mesmo é que essas meninas não pensam em me manipular ou mandar na minha vida. E não há, entre elas, nenhuma que imagine a possibilidade de me enfeitiçar, aprisionando-me para sempre na caverna onde permaneci durante toda uma vida.

ANTÔNIO CLÁUDIO

Ao se casar com minha mãe, uma moça de 19 anos, papai foi morar com ela na residência de meus avós maternos, na rua Estados Unidos, coração dos Jardins. Ainda que estivessem estudando provisoriamente em um colégio interno de Campinas, como castigo por terem repetido o ano anterior na escola, também eram moradores daquela casa dois dos irmãos de mamãe — Antônio Cláudio, com 17 anos, e o caçula Flávio, com 15.

Três meses antes de meu nascimento, numa folga dos estudos, os dois meninos foram com amigos a um cinema, cujo telhado ruiu sobre a plateia minutos depois de iniciado o filme. Flávio sofreu ferimentos sem maior gravidade, embora tenha cortado as mãos e distendido a musculatura do abdômen, no afã de se libertar do aramado do forro e do entulho que o ocultava dos bombeiros.

Antônio Cláudio demorou mais para ser retirado dos escombros. Ainda assim, entrou andando no hospital, embora pálido e abatido, com um paletó jogado sobre os ombros. Tentava auxiliar uma moça também ferida quando subitamente desmaiou. Os médicos e as enfermeiras pensaram em reanimá-lo, mas ele se acomodou no colo da moça, entreabriu os olhos, sorriu para ela e morreu em seus braços.

Era o mês de setembro de 1951, e a tristeza se instalou na casa de meus avós. Nasci em dezembro, primeiro neto homem e primeiro bebê a se aninhar junto de minha avó desde que crescera o seu caçula. Embora não fosse comum a presença de familiares nos partos, vovó fez questão de assistir ao meu nascimento.

Papai permanecia ansioso na sala de espera quando viu a sogra sair lívida do centro cirúrgico, dizendo em desespero, antes de desmaiar:

— Estão arrancando o bebê a ferros!

Sim. Mamãe e eu tivemos problemas no parto. Os médicos penaram com o fórceps antiquado e ineficiente daquele tempo. Salvei-me com vários ferimentos no rosto, especialmente no queixo. E, além da tonalidade roxa dos hematomas, permaneci várias semanas com esparadrapos nas duas orelhas, bastante esquisitas por causa de um defeito da família de meu pai, que tinha dois ou três parentes com o mesmo problema. Sobre isso, aliás, é importante contar que minha mãe foi bastante esperta para a idade: por cerca de dois meses forçou com esparadrapos as dobras de minhas orelhas, até ficarem corretas.

Não guardei nenhuma sequela, cicatriz ou marca do parto complicado, recuperando-me em pouco tempo. Quanto às trocas de fraldas e às mamadas de todo instante, davam trabalho, mas não aborreciam ninguém. Pelo contrário, afirmava minha avó, eu teria nascido na hora e no lugar certos, constituindo o consolo e a alegria que aplacaram a tristeza daquela casa.

Assim iniciei a minha história, que se seguiu à morte de meu jovem tio. Muitas vezes presenciei minha avó — velhinha, prestes a morrer — chorar pela lembrança do filho. E hoje fico pensando: como teria sido a vida dele se tivesse alcançado os mais de 80 anos de seus irmãos, que têm vários filhos, netos e bisnetos? Ou, então — lembrando que a morte, segundo dizem, é apenas um começo —, como terá sido a história de Antônio Cláudio a partir do dia em que morreu?

E minha avó? Será que conseguiu reencontrá-lo?

Esta obra foi composta em Utopia Std 11 pt e impressa em
papel Pólen Soft 80 g/m² pela gráfica Meta.